오늘도 아이와
여행 중입니다

오늘도 아이와 여행 중입니다

집 앞을 여행지로 만드는 실용적인 여행 가이드북

초 판 1쇄 2025년 02월 20일

지은이 김유림
펴낸이 류종렬

펴낸곳 미다스북스
본부장 임종익
편집장 이다경, 김가영
디자인 윤가희, 임인영
책임진행 안채원, 이예나, 김요섭, 김은진, 장민주

등록 2001년 3월 21일 제2001-000040호
주소 서울시 마포구 양화로 133 서교타워 711호
전화 02) 322-7802~3
팩스 02) 6007-1845
블로그 http://blog.naver.com/midasbooks
전자주소 midasbooks@hanmail.net
페이스북 https://www.facebook.com/midasbooks425
인스타그램 https://www.instagram.com/midasbooks

ⓒ 김유림, 미다스북스 2025, *Printed in Korea.*

ISBN 979-11-7355-089-8 03810

값 19,500원

미다스북스는 다음세대에게 필요한 지혜와 교양을 생각합니다.

집 앞을 여행지로 만드는 실용적인 여행 가이드북

오늘도 아이와
여행 중입니다 김유림 지음

미다스북스

목차

2. 독특한 테마로 여행하기

PART 2 아이와 더 알차게 여행하는 방법

1. 재미있게 여행하는 꿀팁

2. 함께하는 여행에 프로가 되려면?

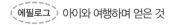 에필로그 아이와 여행하며 얻은 것

추천사

엄마의 하루는 언제나 분주하다. 아이를 챙기고, 집안일을 하고, 일상을 살아내는 것만으로도 벅차다. 그런데 이 책의 저자는 조금 다르다. 아이들과 함께라면 어디든 여행지가 되고, 평범한 일상도 특별한 모험으로 바뀐다. 그리고 그 모든 순간을 정성스럽게 기록으로 남긴다. 『오늘도 아이와 여행 중입니다』는 단순한 여행 가이드북이 아니다. 이 책은 엄마와 아이가 함께 성장하는 법을 이야기한다. 저자는 여행을 통해 아이에게 세상을 보여주고, 감각을 깨우며, 아이가 자라는 순간순간을 소중하게 여긴다. 단순히 유명한 여행지를 소개하는 것이 아니라, 아이의 시선에서 바라본 진짜 재미있는 장소와 발달을 돕는 놀이를 가득 담았다. 그리고 무엇보다 그 과정을 통해 자신도 성장해가는 엄마의 이야기이기도 하다. 이 책을 읽다 보면 어느새 나도 가방을 챙기고 싶어진다. 멀리 가지 않아도 괜찮다. 숲속의 작은 나뭇잎 하나, 시장의 시끌벅적한 소리, 도서관의 조용한 공기 속에서도 충분히 여행은 시작된다.

이 책을 추천하는 이유는 명확하다. 나 역시 엄마이자, 감각통합치료사로서 이 책을 읽으며 저자의 여행 방식에 깊이 감동을 받았다. 저자는 그저 아이를 데리고 다니는 것이 아니라 아이가 세상을 온몸으로 느끼고 탐색할 수 있도록 세심한 배려와 노력을 기울였다. 그 과정이 얼마나 쉽지 않은지 알기에, 이 책이 더욱 소중하게 다가왔다. 이 책은 단순한 '여행의 기록'이 아니라, '사랑의 기록'이다. 엄마가 아이에게 줄 수 있는 가장 큰 선물은 '함께한 시간'이기 때문이다. 이 책을 읽고 나면, 오늘 당장이라도 아이와 나만의 여행을 떠나고 싶어질 것이다. 그리고 그 여정이 얼마나 값진 추억이 될지를 깨닫게 될 것이다.

『감각통합놀이』 외 다수 저자, 블라썸원 이사 석경아

아이를 키우며 걷는 길은 단순한 일상이 아니라, 아이와 함께 세상을 배우고 느끼며 성장해 나가는 여정이다. 저자는 아이와 함께하는 다양한 순간들을 따뜻하고 진솔하게 풀어낸다. 일상 속에서 새로운 지식과 경험을 어떻게 배움으로 연결시킬 수 있는지 세심하게 담아내었다.

단순히 아이와 즐거운 시간을 보내는 법을 소개하는 것이 아니라 아이가 스스로 질문하고 사고할 수 있도록 방법을 제시하며, 엄마와 아이가 함께 만들어가는 소중한 순간들에 대한 깊은 통찰을 담고 있다. 엄마와 아이가 하나의 공동체로 성장하는 과정을 따뜻한 시선으로 그려낸 에세이다. 책을 읽으며 나 또한 '엄마'라는 길 위에서 어떻게 성장해 나갈지 스스로 돌아보게 되었다.

특히 육아를 처음 시작하는 엄마들에게 이 책은 든든한 길잡이가 되어 줄 것이다. 아이와 어디로 가야 할지, 무엇을 경험해야 할지 고민하는 엄마들에게 단순한 장소 추천이 아니라, '어떻게 아이와 의미 있는 순간을 만들어 갈 수 있을지'에 대한 깨달음을 선사한다. 책장을 덮을 때쯤이면, 나도 모르게 아이와 더 가까워지고 싶은 마음이 차오른다.

엄마와 아이가 함께하는 시간의 소중함을 다시금 깨닫게 해주는 이 책이 많은 가정에 따뜻한 힐링과 가르침을 전하길 바란다. 도연샘의 이야기가 더 많은 이들에게 전해져, 엄마들에게 따뜻한 위로와 영감을 주기를 진심으로 응원한다.

인스타그램 아이와여행 인플루언서 말랑맘 김영미

아이와 일상 여행, 이렇게 시작하자!

1

일상을 여행하며 살게 된 이유

새벽 2시, 그날도 어김없이 딱 1시간 30분 만에 일어난 아기의 울음소리에 졸린 눈을 비비고 일어섰다. 엄마가 되고 나서 하루 2시간 이상 깊이 잠들어 본 적이 없었다. '내가 미쳤지. 무슨 자신감으로 아기를 낳는다고 했을까? 정말 그때 뭐가 씐 게 분명해.' 매일 새벽 그런 마음으로 지쳐 잠들곤 했다. 첫째를 낳았을 때, 남편은 일이 무척 바빴다. 집에 있는 시간이라고는 잠자는 시간뿐이었고, 직업 특성상 주말에도 바쁜 남편으로 인해 혼자 하는 독박육아는 처음부터 예고된 일이었다. '내가 어쩌다 이렇게 되었을까?' 나의 서른은 이보다 반짝이고 더 즐거운 날들이 가득할 줄 알았는데, 현실은 안개 낀 베란다 커튼 사이에 비친 작은 빛줄기마저 외롭게 느껴지는 시간이었다.

'이대로 사는 건 내 스타일이 아니야.' 생각을 바꿔야겠다고 마음먹었다.

나는 남편에게 결혼 전 이탈리아에서 석 달 살기를 위해 모아둔 돈으로 앞으로 아이와 여행을 다녀야겠다고 말했다. 집에서 육아하나, 여행 가서 육아하나 어차피 나에게는 똑같은 일상이나 다름없었다. 그 말을 하고 석 달 뒤 나는 남편 없이 아기와 괌으로 여행을 떠났다. 6개월 남짓 된 아기를 안고, 한 손으로 커다란 캐리어를 끌고 다니는 나의 모습에 사람들은 적잖이 당황했다. 공항에서 만난 할머니들은 아빠는 어디 있는지, 왜 같이 안 가는지, 많은 질문들을 나를 향해 쏟아냈다.

참 겁이 없던 시절이었다. 걷지도 못할뿐더러 유모차만 타면 우는 아기를 매일 10시간씩 안고 괌을 여행했다. 호텔에서 빌려준 유모차는 무용지물이 되어 아기는 안고, 유모차에 짐을 싣고 걸어 다녔다. 그래도 다행이었던 점은 아기도 여행 온 걸 아는지, "오 베이비!" 하면서 다가오는 사람마다 낯가림 없이 잘 웃어주었다. 처음 하는 수영도 낯설어하지 않고, 밤잠도 4시간까지 푹 자주어서 걱정했던 것보다 재밌는 여행을 즐겼다. 물론, 예전처럼 자유롭게 여행할 수 없어 아쉬움도 있었다. 아기가 좀 더 커서 왔으면 좋았겠다는 후회도 들었다. 그래도 혼자 아기와 함께한 첫 해외여행치고는 꽤 성공적이었다. 그때 느낀 건, 내가 살아가야 하는 오늘을 그냥 살아지는 대로 내버려두면 안 되겠다는 생각이었다. 독박육아를 해야 하는 현실을 인정하고 받아들이기로 했다. 과거 일하고 여행 다니며 살았던 삶을 그리워하며, 멍하니 설거지만 해봤자 내 일상은 어차피 이놈의

집구석에서 끝나겠구나 싶었다.

  처음에는 아이와 동네의 낯선 골목길을 시작으로 시장, 공원, 미술관 등 점점 활동 반경을 넓혀갔다. 그동안 평범하게 느껴졌던 곳들이 아이의 시선으로 보니 새로운 자극으로 다가왔다. 집 근처 시장에서 흔하게 지나치던 생선 가게도 아이에게는 종종 읽어주던 책 속의 주인공과 만날 수 있는 기회였다. 발밑에 있었는지도 몰랐던 민들레 씨조차도 아이와 함께하면 아무 데서나 만날 수 없는 장난감과도 같았다. 그때 문득 '아이에게는 이 모든 세상이 온통 신기하고 새로운 것뿐이겠구나.' 싶었다. 아이의 시선에서 바라본 세상은 그동안 내가 보았던 일상과 똑같음에도 불구하고 나의 생각이나 편견을 바꿔주는 계기가 되었다. 그래서 아이와 일상을 여행하듯 살아가기로 마음먹었다. 그게 그저 집 앞 공원일지라도.

2

아이와 추억, 기록의 중요성

"엄마 거기 또 가고 싶어요!"

네 살배기 첫째가 아는 온갖 단어들과 몸짓으로 설명하는데 나는 그곳이 어딘지 도무지 알 수가 없었다. 발을 동동 구르는 아이와 함께 핸드폰 사진첩을 열어 손가락을 이용해 앨범 위까지 올라갔는데도 그곳을 찾지 못했다. 내가 자랄 때에 비하면, 지금은 사진을 마음껏 찍어 편하게 추억을 간직할 수 있다. 눈으로만 담기에 아쉬워 열심히 찍은 사진들이 핸드폰에 넘쳐흘렀지만, 아이가 말한 장소를 찾지 못한 마음에 허무함이 들었다.

문득, 결혼 전 캠핑 다닌 이야기를 기록하고, 여러 일상을 리뷰하던 예전 내 블로그가 생각났다. '그래. 블로그가 있었지!' 회사를 다닐 때, 블로그는 짬짬이 주말에 다녀온 캠핑 일기와 캠핑용품 리뷰, 책, 음악, 영화에 대한 감상평을 남기던 곳이었다. 그때 당시 20대 중에 캠핑을 하는 사람들이 그렇게 많지 않았다. 그래서 나름 방문자 수도 많고, 내가 쓴 책, 음반 리뷰들이 인터파크나 예스24에서도 반응이 좋아 예스24 블로그 축제에 초대되기도 했었다. 하지만 결혼과 동시에 임신까지 한 내 삶의 패턴은 많이 달라져 있었다. 블로그는 5년 동안 로그인도 되지 않은 채 방치되어 있었다. 일전에 남편이 블로그를 권유하기도 했지만, 육아는 내 인생의 관심 분야가 아니었기에 육아로 블로그를 할 생각조차 하지 못했다. 육아하면서 느끼는 감정들을 손으로 직접 일기장에 담긴 했지만, 그 순간순간을 담기엔 한계가 있었다. 이미 블로그만큼 기록하기 좋은 매체가 없다는 걸 경험했기에 지체할 겨를 없이 블로그를 해야겠다고 생각했다.

과거의 블로그는 과감히 접고 아이디를 새로 만들고 0부터 다시 시작했다. '아이와 여행'이라는 주제를 가지고 그동안 정리하지 못했던 아이와 갔던 곳들을 하나둘씩 적어 내려갔다. 나중에 다녀온 곳들에 대한 정보를 찾기 위해 시작한 블로그였기에 거의 대부분 장소에 대한 정보성 글들에 불과했지만, 결과는 생각보다 좋았다. 방문자 수가 늘어났고, 가끔 포털 사이트 메인에 '아이와 뭐하지' 분야에 노출되기도 했다. 묘한 성취감을 느꼈다. 그리고 이제는 아이가 엄마 "거기 가고 싶어!"라고 말하면 아이가 말한 단어를 내 블로그 검색창에 검색한다. 블로그의 좋은 점 중 하나는 키워드 검색이 된다는 것이다.

"엄마 그때 자전거 막 있고, 바퀴 4개 자전거도 있고, 바퀴 3개 자전거도 있고, 제야랑 엄마랑도 탈 수 있던 거기 있잖아." 하면서 아이가 우왕좌왕 생각나는 대로 말을 꺼내기 시작하면 우선 문제를 맞히기 위해 노력한다. 하지만 도무지 맞힐 수 없는 문제라고 판단하면 나는 바로 내 블로그에 '자전거'라고 검색한다. 그럼 여러 가지 자전거라고 쓰인 글들이 검색된다. 그중 메인 사진을 보고 아이는 자신이 생각한 장소를 콕— 하고 집어준다. 네 살배기 아이의 문제에서 정답을 맞힌 성취감일까. 아이가 원하는 걸 찾았다는 만족감일까. 아이와의 여행을 기록하는 재미를 느끼기 시작했다.

┌─ 함께 보면 좋은 꿀팁 ─────────────────────────┐
│ 블로그에는 검색 기능이 있어 키워드만 입력하면 내가 작성한 관련 글들을 한눈에 볼 │
│ 수 있어요. 비록 자세한 내용이 아니더라도 장소나 단어만으로 언제든 추억을 찾아볼 │
│ 수 있기 때문에 우리 가족의 특별한 앨범이 되어줄 것입니다. │
└──────────────────────────────────────┘

3

J 엄마의 성격 고치기

　어느 날 캠핑을 제대로 경험해 본 적 없는 남편에게 캠핑을 제안했다. 사실 남편을 만나기 전에 나는 한 달에 2~3번씩 캠핑을 다닐 정도로 캠핑을 좋아하던 사람이었다. 그냥 이른 아침 캠핑장 초록 잔디 위에 생긴 운무와 새벽 공기, 그 여유로움이 좋아 캠핑을 좋아했다. 남편을 만나 생활 패턴이 달라지고, 결혼과 임신을 동시에 해서 남편과는 캠핑할 시간이 마땅치 않았다. 하지만 둘째도 제법 몸을 가누기 시작했고, 당일치기로 고기도 구워 먹고, 자연과 함께하고 오면 좋겠다는 생각이 들었다.

　오랜만에 가는 캠핑이라 설레는 마음을 감출 수 없었다. 일요일만 쉴 수 있는 남편이라 당일치기로 가볍게 놀다 오기 위해 차박용 타프(자동차 트렁크를 연결해서 사용할 수 있는 그늘막)도 새로 마련하고, 맛있는 바비큐 재료들도 준비했다. 캠핑장 시설은 다소 노후했지만, 넓고 푸른 잔디밭이 있어 아이와 함께 공을 차며 놀기에 좋을 것 같았다. 설렘을 안고 떠난 첫 캠핑이었다. 타프를 설치하고, 예쁘게 정리를 마쳤는데 얼마 지나지 않아 비가 오기 시작했다. 날씨 요정은 우리를 도와주지 않았다. 엎친 데 덮친 격으로 차 방향제 때문인지 대왕 검정파리 떼가 우리 차 천장에 들러붙기 시작했다. 그건 분명 파리 지옥이 다름없었다. 내가 생각했던 그림대로 여행을 끌고 나갈 수 없게 되자 성급한 마음이 앞섰다.

"오빠! 비 오니까 이것 좀 빨리 덮으라고!" 남편에게 쏘아붙이듯 말하기 시작했다. 우중 캠핑은 후에 캠핑용품 관리가 얼마나 중요한지 알았던 터라 최대한 비를 안 맞게 하고 싶은 나의 조급함 때문이었다. 하룻밤 자고 오는 일정이면 상관없지만, 반나절 있다 오는 캠핑에서 더 이상 일거리를 만들고 싶지 않았다. 그 와중에 유모차에 앉아 있던 둘째한테 파리는 윙윙거리고, 땅은 질퍽했다. 바람이 불 때마다 들이닥치는 비바람에 속이 까맣게 타들어 갔다. 여유롭게 바비큐는커녕 머릿속에는 온통 이걸 어떻게 치우고, 집에 가서 어떻게 할지에 대한 생각뿐이었다. 나는 예민했고, 아이들은 조용히 눈치를 봤으며, 남편은 말이 없었다. 집으로 돌아오는 길에 아이들은 잠들고 남편은 나에게 조심스럽게 괜찮은지 물어봤다.

혹 들어온 남편의 괜찮냐는 한마디에 봇물 터지듯 "비가 와서 내 생각대로 된 게 없었고, 내가 생각한 건 이런 게 아닌데."라고 말하는 중에도 차 안에 윙윙 날아다니는 파리 때문에 더 속이 상했다. 남편이 그래도 애들 앞에서 그렇게 화내면서 말하면 애들도 눈치 보고 분위기가 확 달라진다고 말하는데, 순간 아차! 싶었다. 나는 화낸 게 아니고, 비가 와서 조급했고 내 마음대로 되지 않아 속상했던 것인데 나도 모르게 화난 말투로 말하고 있었던 것이다. 갑자기 머릿속이 하얘지면서 아까 그 상황 속에서 내 눈치 보던 첫째와 유모차에서 나를 바라보던 둘째의 모습이 그려졌다. 그저 남편과 아이들에게 좋은 추억을 만들어 주고 싶었던 것뿐이었는데, 내가 그 추억의 분위기를 바꿔놓은 것이다. 남편은 잘하고 싶은 마음에 그랬던 나를 다독이며 말했다. "비가 오면 어때. 비가 오면 오는 대로 우리 넷이 함께하는 추억인데, 애들도 나도 재밌었는데, 자기가 속상해하면 같이 즐겁게 보낼 수 없잖아." 머리를 한 대 얻어맞은 기분이 들었다. 맞다. 사실 넷이 함께하면 그게 다 재밌는 추억인데, 나는 잠시 그 순간의 소중함을 놓치고 있었다.

생각해 보면, 내 여행은 항상 그랬다. [1]MBTI 성격 유형 중 파워 [2]J에 해당하는 계획적인 여행자였다. 어디 갈지 정하고 나면 그에 따른 최적의 교통편과 합리적인 동선, 다음 장소까지 걸리는 시간까지 고려하고, 혹시 모

---

1 MBTI(Myers-Briggs Type Indicator)는 개인 성격 유형을 분석하는 심리검사 도구이다. 사람의 성격을 4가지 기준에 따라 총 16가지 유형으로 나누었고, 각각의 유형은 고유한 성향과 행동 패턴을 반영한다. 에너지 방향: 외향(E) vs 내향(I) / 정보 수집 방식: 감각(S) vs 직관(N) / 의사 결정 방식: 사고(T) vs 감정(F) / 생활 방식: 판단(J) vs 인식(P)으로 나눌 수 있다.
2 J(판단, Judging) 유형은 계획적이고 체계적으로 일을 진행하는 것을 선호한다.

를 상황에 대비해 플랜B까지 준비해 가는 스타일이었다. 그래서 친구들 사이에서는 내 이름을 딴 '유림투어'라는 별명이 생길 정도였다. 유림투어는 만족도가 꽤 높았기 때문에, 남편과 함께하는 첫 번째 캠핑도 완벽하게 만들고 싶은 욕심이 있었다. 여행의 순간을 온전히 즐기지 못하고, 내가 계획한 대로 여행이 흘러가길 바라며 완벽한 여행만을 꿈꿨던 것이다.

누군가 'MBTI의 P와 J 차이는 즉흥적인가 계획적인가가 아니라, P는 예상과 달라도 그러려니 하는 사람이고, J는 예상이 어긋나면 화를 내는 사람'이라고 말한 적이 있다. 나는 그 말이 딱 나를 가리키는 것 같았다. 그 사건 이후로 나는 J 성향을 조금 내려놓기로 했다. 계획은 하되, 하루에 하나만 성공해도 만족할 것! 어디를 가든 시간에 얽매이지 않고 여유롭게 즐길 것! 아직 오지 않은 미래보다 지금 이 순간을 여행할 것! 그렇게 조금 내려놓고 나니 마음이 한결 편해졌다. "그래, 그럴 수 있지. 비 올 수 있지. 차 막힐 수 있지. 뭐 어때. 이것도 우리의 추억이지."

PART 1

우리 함께
어디 가지?

1.

일상 속
특별함을
찾아 떠나기

1

숲과 공원, 오늘도 상황극 한 판

"옴마 나뭇니피(나뭇잎이) 바나나색이랑 또가테(똑같애)."

첫째가 18개월 때쯤, 어린이집을 마치고 근처 공원으로 산책을 갔다. 가져간 바나나를 먹던 아이는 바나나 껍질과 나뭇잎 색깔이 똑같다면서 나에게 말했다. 직장 다닐 때 하늘 보기도 쉽지 않았던 터라, 계절이 변하는 것도 잘 못 느끼고 살았는데 엄마가 되었다고 달라질 리 없었다. 그렇게 아이의 말 한마디에 나의 서른한 번째 가을이 지나가고 있음을 알 수 있었다.

숲이나 공원은 도시에 살면서도 계절의 변화를 온몸으로 느낄 수 있는 공간이다. 봄이면 형형색색의 꽃들이 세상을 화사하게 물들이고, 내천의 얼음이 녹아 오리들이 한가로이 노닌다. 여름에는 초록빛 나무들이 시원한 그늘을 만들고, 분수대의 물줄기는 또 하나의 놀이터가 된다. 가을은 빨강과 노랑으로 물든 단풍이 가득해 도시락을 챙겨 소풍 가고 싶어지는 계절이다. 겨울에는 낮은 나뭇가지 위로 쌓인 눈으로 눈놀이도 하고, 걷기만 해도 그림 같은 풍경이 펼쳐진다. 게다가 요즘 공원과 숲에는 재미있는 숲 놀이터와 물놀이용 분수대도 마련되어 있다. 자전거나 킥보드를 탈 수도 있고, 곳곳에 놓인 운동기구들은 아이들에게 더없이 좋은 놀잇감이 된다. 이렇게 다양한 활동을 즐길 수 있는 숲과 공원에서 그냥 뛰어놀 때도 있지만, 나는 주로 아이들과 함께 상황극을 하며 시간을 보낸다.

"오늘은 낙엽 미인 대회를 열겠어요!"

"오늘은 지렁이 찾기를 시작하겠습니다!"

"환경 지킴이! 다 모였나요? 오늘은 쓰레기를 줍는 날입니다!"

낙엽 미인 대회가 열리는 날이면, 아이들은 자연스럽게 떨어진 잎들 중에서 마음에 드는 잎들만 부지런히 골라 줍는다. 자기들끼리 어떤 잎이 더 예쁜지 예선전을 하고, 색깔별로 가득 모아 바닥에 모양을 만들기도 한다. 지렁이 찾기를 하는 날이면 실패할 때도 많지만, 지렁이를 찾다가 발견한 작은 곤충들과 함께 또 다른 놀이를 시작한다. 그 모습을 볼 때면 꼭 어릴 적 운동장 한편 풀숲에 있던 개미 몇 마리와 페트병 하나로 몇 시간을 놀았던 나의 모습과도 닮아 웃음이 난다. 쓰레기를 줍는 날에는 집게와 목장갑, 봉투를 준비하는데, 장비 하나로 아이들은 비장한 환경 지킴이로 변신한다. 그 덕에 쓰레기 줍기를 안 하는 날에도 길에 버려진 쓰레기를 주머니에 넣는 첫째 때문에 나는 환장한다. 그래도 숲과 공원에서 아이들은 장난감 대신 초록색 풀잎을 뜯어 놓고, 지나가는 개미 한 마리를 벗 삼아 시간을 보낸다.

산책하기 좋은 봄의 공원

그늘막이 되어주는 여름의 숲

은행잎 하나로 1시간은 놀 수 있는 가을의 숲

걷기만 해도 그림이 되는 겨울의 공원

박물관, 세상 재밌는 공간 여기 다 있네?

"엄마! 저기 용이 그려진 도자기 찾았어요!"

여러 지역의 박물관들을 돌아다니다 보면 의외로 안내소에 아이들을 위한 활동지가 구비되어 있는 곳들이 있다. 처음 아이와 박물관에 갔을 땐, 그것도 모르고 한 바퀴 전시된 것들을 보고, 어린이박물관 놀이터에서 놀고 오는 게 전부였다. 이제는 나름 노하우가 생겨 박물관에 가면 활동지가 있는지부터 찾는다. 특히 파주에 위치한 국립민속박물관이 인상적이었다. [3]개방형 수장고 형식의 박물관이라 전시 보는 게 전부일 줄 알았는데, 여러 체험 활동이 있었다. '수장고 산책 아무튼 동물'이라는 주제로 수장고마다 동물 모양의 촛대나 도자기 등을 찾아 체험지에 스티커를 붙이는 내용

---

3 수장고는 선반이나 진열장을 고정하여 소장품을 보관하는 방식이다. 개방형 수장고는 일반적인 폐쇄형 수장고와 달리 관람객이 직접 소장품을 볼 수 있도록 일부 또는 전체를 공개하는 방식을 의미한다. 박물관이나 미술관에서는 전시 공간을 확장하는 효과를 기대할 수 있으며, 관람객에게 더욱 가까이에서 유물을 접할 기회를 제공한다.

이었다. 아이들은 수장고 곳곳을 돌아다니며 동물 모양을 찾고, 박물관 바닥에 활동지를 펴고 앉아 동물 스티커를 붙이면서 박물관 구석구석을 관람했다. 아이들은 내가 생각했던 것보다 더 적극적이었다. 나보다 앞장서서 내가 무엇인지 먼저 설명하지 않아도, 이것저것 궁금한 것들을 물어보기 시작했다.

"똥! 엄마! 똥! 방귀!"

한창 첫째가 똥과 방귀에 푹 빠져 있을 때 일이다. 동네에서 가까운 박물관이나 여행 간 지역의 박물관을 찾기도 하지만, 그 당시 아이의 관심사와 관련된 박물관을 찾아보는 습관이 생겼다. 나는 고민하지 않고 검색창에 '똥박물관'이라고 검색했다. 오 마이 갓. 정말 존재했다. 경기도 수원에 '해우재'라는 이름의 똥박물관이 있었다. 아이에게 이 소식을 알려주고, 우리는 주말에 바로 수원으로 향했다. 동물들의 똥부터 건강한 똥, 똥에 대한 책들만 모아둔 똥 도서관까지 마련되어 있었다. 그리고 옛날 화장실들도 재현해 둔 덕에 아이와 재밌는 사진들도 남길 수 있어 시간 가는 줄 몰랐다. 한창 관심 있던 똥에 대한 환상을 마음껏 채울 수 있는 곳이 있다니 그저 감사할 뿐이었다.

아이를 낳기 전 우리나라에 이렇게 재밌는 박물관들이 많은지 알지 못했다. 어렴풋이 기억나는 어린 시절의 박물관은 대개 커다란 통유리 안에 전시된 백제, 고구려, 신라의 유물을 바라보는 것이 전부였다. 하지만 요즘 박물관들은 미디어아트와 어린이박물관 그리고 다양한 체험 활동으로 내가 다녔을 적과 많이 달라져 있었다. 특히 미디어아트의 경우, 여기가 박물관인지 미술관인지 모를 정도로 아이들에게 색다른 경험을 선사해 주었다. 또한 어린이박물관이나 체험관을 방문할 때마다 상설전시관과 기획전시관을 꼭 함께 둘러보곤 했다. 의외로 그곳에서도 아이의 흥미를 끌 만한 재미있고 유익한 정보를 발견할 수 있었기 때문이다.

아이와 가기 좋은 색깔 뚜렷한 박물관

– 서울 공예박물관 : 다양한 재료들을 모두 이용해 만들기를 할 수 있는 곳

– 서울 우리소리박물관 : 직접 헤드셋을 끼고 우리 소리를 체험할 수 있는 곳

– 서울 생활사박물관 : 한국 사람들의 생활의 변화를 느낄 수 있는 곳

– 철도박물관 : 기차부터 지하철까지 철도의 모든 걸 체험하고 경험할 수 있는 곳

– 경찰박물관 : 경찰, 경찰차를 좋아하는 아이들에게 무조건 추천할 만한 곳

– 국립민속박물관 : 다양한 민속놀이와 과거로 여행을 떠날 수 있는 곳

– 국립한글박물관 : 자음, 모음으로 이루어진 재밌는 한글 놀이터가 있는 곳

– 국립항공박물관 : 비행기, 항공, 공항에 대한 모든 걸 배울 수 있는 곳

– 용산 전쟁기념관 : 공군, 육군, 해군, 전쟁에 관련한 것들을 배울 수 있는 곳

– 돈의문 박물관마을 : 과거로 떠나는 레트로 마을이 있는 곳

– 쌀박물관 : 방학 특강으로 요리도 할 수 있고, 쌀에 대한 소중함을 느낄 수 있는 곳

– 떡박물관 : 떡 만들기 체험과 떡에 대한 이야기를 들을 수 있는 곳

– 우리옛돌박물관 : 지역마다 다른 옛 돌에 대한 이야기를 듣고 볼 수 있는 곳

– 한국은행 화폐박물관 : 돈과 경제에 대한 관념을 배울 수 있는 곳

– 서대문 자연사박물관 : 우주, 공룡, 자연에 대한 모든 것들이 조금씩 모여 있는 곳

– 노원 수학문화관 : 숫자, 수학에 대한 많은 내용들과 실내 놀이방이 있는 곳

– 양주 조명박물관 : 다양한 조명들로 가득하고, 크리스마스에 딱 어울리는 곳

– 한국근현대사박물관 : 아침 드라마에 나올 것 같은 60~70년대를 만날 수 있는 곳

– 해우재, 똥박물관 : 똥과 변기에 대한 모든 것이 전시되어 있는 곳

– 증평 민속체험박물관 : 민속 체험과 더불어 다양한 체험 활동 만들기를 할 수 있는 곳

– 음성 한독의약박물관 : 신비한 몸속 탐험 등 약에 관련한 다양한 체험 전시가 있는 곳

– 손성목 영화박물관, 에디슨 과학박물관, 축음기박물관 : 영화, 과학, 축음기를 한 번
  에 만나볼 수 있는 곳

서울 우리소리박물관

파주 한국근현대사박물관

파주 국립민속박물관

수원 해우재

과학관, 하루 3시간 뚝딱!

"과학관은 초등학생들부터 갈 수 있는 거 아니야?"

주말마다 혼자 아이들과 돌아다니는 일상을 SNS에 올리다 보니 주변 엄마들이 종종 이번 주말에는 무얼 하는지 물어본다. 그냥 근처 과학관에 갈까 한다고 하면 의외로 미취학 아이들도 과학관에 가도 되는지 몰라 저렇게 되물어 보는 엄마들이 많았다. 나 역시 어릴 적 초등학교 때 주로 과학관을 갔던 기억이 있기에 다른 엄마들도 그렇게 생각할 수도 있겠다 싶었다. 둘째는 오빠 덕분에 과학관을 돌 지나고부터 다녔는데, 가서 무얼 하지 않아도 그냥 걸음마 하며 보는 모든 것들을 신기해했다. 그때를 생각하면 엄마 얼굴 한 번 보고, 과학관에 있는 휘황찬란한 전시 보며 두리번거리던 둘째의 모습이 아직도 선명하다. 어느새 다섯 살이 되어 오빠랑 같이 과학관에서 하는 유아 특화 과학교실 수업을 함께 듣는다. 보호자 분리 수업이라 50분의 꿀 같은 자유 시간도 주어진다. 매달 또는 분기별로 주제가 달라져 다양한 수업을 들을 수 있고, 한 달에 한 번씩만 참여하기에 시간 부담이 없다. 한 번은 달팽이를 가져왔고, 또 한 번은 이끼를 한가득 가지고 왔다. 그럴 때마다 엄마에게는 또 다른 숙제가 주어지지만, 내가 알려주는 것보다 몸소 체험하고 경험하는 수업이기에 아이들은 늘 즐겁게 참여한다. 그리고 다음에 또 하고 싶다고 말한다.

"엄마! 수, 금, 지, 화, 목, 토, 천, 해, 명이 뭔지 알아?"

첫째가 6살이 되고, 유치원에서 우주를 주제로 한 프로젝트를 시작했다. 그때부터 시작된 첫째의 우주 사랑은 나를 가끔 당황시켰다. 아이에게 미안하게도 우주에 1%도 관심 없는 엄마이자, 관심 없는 것은 기억도 잘 못하는 무지한 엄마였다. "엄마 성층권이 뭔지 알아?"라고 물어보는 아이의 말에 나는 당황했고, 우주를 좋아하는 아빠는 행복해했다. 사실 그전까지 과학관은 그저 아이들의 놀이터로만 생각하며 다녔다. 전시 내용을 자세히 이해하기에 어린 나이지만 아이의 호기심을 자극할 수 있다고 생각했다. 눈과 귀, 손으로 다양한 자극을 느끼며 놀이터처럼 과학관을 즐기기를 바랐다. 하지만 어느덧 자신의 관심 분야가 생기고 이제는 과학에 흥미를 느끼며 과학관을 탐구하는 아이로 성장하였다. 유치원에서 배운 내용과 과학관에서 본 내용들을 토대로 바쁜 아빠와 수다 떨 수 있는 시간을 기다리기도 했다. 첫째가 좋아하는 것들을 과학관에서 만날 수 있도록, 여행을 계획할 때 되도록 여행지에 과학관이 있는지 검색했다. 과학관이 있다면 꼭 방문했다. 지역마다 특화된 분야와 테마가 달라서 여러 분야에 걸쳐 아이의 호기심을 자극해 주고 궁금증을 풀어줄 수 있었다. 천안에 위치한 홍대용과학관에서는 우주 지질 탐험 체험을 할 수 있다고 해서 아이와 함께 방문했다. 한창 우주에 빠져 있던 녀석이라 달 탐험 기구를 타고 토성을 지나다니는 짧은 체험과 우주 공간을 직접 느껴볼 수 있는 무중력 체험을 하며 신기해했다. 그리고 경북 영천에 있는 보현산과학관에서는 별을 볼 수 있었다. 대한민국에서 10번째로 큰 천체망원경을 보유하고 있는 곳이지만, 날이 좋지 않으면 별을 볼 수 없는데 운이 좋았다. 그날 봤던 별들 중에는 목성도 있어 어른인 나조차도 신기한 경험을 할 수 있었다.

과학관은 동물, 식물, 자연과 더불어 우주, 과학 등 여러 가지 것들을 담아내는 공간이다. 거기에 어린이라는 타이틀까지 붙은 과학관은 아이들의 눈높이에 맞는 실험들과 놀이 공간까지 있어 더할 나위 없이 좋은 놀이터가 되어준다. 가끔은 마술쇼와 다양한 실험을 보여주는 공연도 진행되기 때문에 미리 시간표를 알고 가면 더 많은 걸 즐길 수 있다.

아이와 3시간 뚝딱 보낼 수 있는 과학관

- 국립어린이과학관 : 서울 종로구 창경궁로 215

- 서울 로봇인공지능과학관 : 서울 도봉구 마들로13길 56

- 서울 물재생체험관 : 서울 강서구 양천로 201 서남 물재생센터 내

- 노원 천문우주과학관 : 서울 노원구 동일로205길 13

- 서울 하수도과학관 : 서울 성동구 자동차시장3길 64

- 파주 메디테리움 의학박물관 : 경기 파주시 회동길 338

- 의정부 과학도서관 : 경기 의정부시 추동로124번길 52

- 안성맞춤전문과학관 : 경기 안성시 보개면 남사당로 198-9

- 경기도교육청 미래과학교육원 : 경기 수원시 장안구 수일로 135

- 광명 에디슨뮤지엄 : 경기 광명시 일직로12번길 24 클래시아 3층

- 국립과천과학관 : 경기 과천시 상하벌로 110

- 인천 어린이과학관 : 인천 계양구 방축로 21

- 옥토끼우주센터 : 인천 강화군 불은면 강화동로 403

- 홍천 생명건강과학관 : 강원 홍천군 홍천읍 생명과학관길 78

- 자연과학교육원 : 충북 청주시 상당구 대성로 150

- 충주 어린이과학관 : 충북 충주시 관아길 20

- 국립충주기상과학관 : 충북 충주시 번영대로 270-10

- 대전 국립중앙과학관 : 대전 유성구 대덕대로 481

- 국립부산과학관 : 부산 기장군 기장읍 동부산관광6로 59

- 김천 녹색미래과학관 : 경북 김천시 혁신6로 31

- 에코누리 구미시 탄소제로교육관 : 경북 구미시 금오산로 336-97

- 전라북도 어린이창의체험관 : 전북 전주시 덕진구 보훈누리로 63

- 전라북도 교육청과학교육원 : 전북 익산시 선화로 836-2

- 전남 나로우주센터 우주과학관 : 전남 고흥군 봉래면 하반로 490

노원 천문우주과학관

국립어린이과학관

충주 기상과학관

충주 어린이과학관

4

도서관, 읽지만 말고 즐기자

"엄마 오늘은 도서관에 안 가고 싶어요."

우리 집엔 도서관 데이가 있다. 그날은 엄마가 마음껏 책을 읽어주는 날이라 아이들도 꽤 좋아했다. 그날엔 하원하고 도서관 문 닫는 시간까지 책을 읽곤 했다. 어느 날은 도서관에서 진행하는 가을 음악회나 과학 마술쇼를 관람하기도 했다. 그렇게 아이들이 도서관을 즐겁고 흥미로운 장소로 느끼기를 바라는 마음에서 시작한 일이었다. 그런데 갑자기 도서관에 안 가고 싶다니 그 이유가 궁금했다. 나는 방법을 조금 바꾸기로 했다. 첫 번째 방법으로 아이가 매번 다니던 도서관에 흥미가 떨어졌을 이유를 고려해서 옆 동네 도서관으로 옮겨보았다. 역시 같은 책들이지만, 동선이 달라지니 아이 시선에 들어오는 책 또한 달라졌다. 거기에 이전 도서관에서 볼 수 없었던 빈백 소파와 아기자기한 인테리어가 아이의 호기심을 자극했다. 그렇게 또다시 도서관에 흥미를 가지게 되었다. 그리고 두 번째 방법은 도서관 구내식당 이용하기! 20대 초반쯤 책 읽는 게 좋아서 혼자 시간만 나면 도서관에 가서 책을 읽고 오곤 했는데, 그곳에서 도서관 구내식당을 보았던 기억이 났다. 도서관에서 밥을 먹을 수 있다는 사실만으로도 아이들이 흥미로워할 것 같았다. 역시 예상은 적중했다. 어린이자료실을 나와 아이들에게 "여기서 밥 먹고 갈까?"라고 말했다. "엄마 도시락 싸왔어?"라고 아이가 물었다. 콧방귀 한번 뀌어주고 아무 말 없이 엄마만 따라오라는 자신감 넘치는 손동작과 함께 아이들과 도서관 구내식당으로 향했다. 꼭 대학교 학식을 먹는 기분이 들어 나는 설렜고, 아이들은 "우와~" 하면서 도서관의 또 다른 모습에 눈이 휘둥그레졌다. 재밌는 경험이 될 게 분명했다. 각자 빌린 책을 식탁 위에 두고, 메뉴를 고르고 도서관 구내식당을 둘러보던 아이들이 말했다. "엄마 여기 사람들은 책을 읽으면서 밥을 먹고 있는데, 우리도 책 봐도 돼요?" 아이의 말에 고개를 끄덕였다. 집에서 식사 시간에 책 보면서 밥을 먹으면 혼을 내던 엄마였기에 도서관에서는 특별히 허락해 주었다. 그렇게 식사를 마친 후 집에 돌아온 첫째는 아빠에게 도서관에서 밥을 먹어본 적 있는지 궁금해하며 물었다. 하지만 슬프게도 아빠는 그런 경험이 없다고 말했다. 그래서 우리 가족은 돌아오는 주말 아빠와 함께 다시 도서관 구내식당으로 향했다.

"우와! 엄마 여기는 숲속에 도서관이 있는 것 같아요!"
아이들과 여행 가면 그 지역에서 찾는 것 중 하나가 도서관이다. 어린이

도서관이 아니더라도 좀 색다른 도서관이다 싶으면 들러보려고 노력한다. 혼자 아이 둘과 서산을 여행했을 때 찾았던 토성산 맹꽁이 작은도서관이 딱 그랬다. 꼬불꼬불 좁은 밭길을 지나 도착한 곳에는 풀이 울창한 주차장이 우리를 기다리고 있었다. 주차장에서 오르막을 오르면 만날 수 있는데, 가는 길에는 작은 동물원과 텃밭도 있었다. 마주한 도서관은 초록색 잔디밭에 사방이 숲으로 싸인 그림 같은 전원주택이었다. 그 모습이 꼭 숲속에 숨겨진 쉼터 같았다. 원목의 인테리어로 따뜻함과 아늑함이 느껴지는 실내까지, 나만 알고 싶은 그런 곳이었다. 관장님은 비 오는 날에도 불구하고 서울에서 찾아왔다고 하니 크게 놀라셨다. 친절히 도서관 곳곳을 설명해 주시면서 나중에 뒤뜰에 북 캠핑 사이트도 운영할 거라고 하셨다. 아이들이 아침에 와서 나무 밑에서 하루 종일 책 보다가 돌아가면 얼마나 좋겠냐면서 나무 사이사이에 원두막 형태의 캠핑 사이트를 만들고 계셨다. 아이들은 이미 책 하나씩 골라서 다락방 형식의 계단을 올라 빈백에 누워 책을 읽고 있었다. 다락방에서 한눈에 도서관 내부가 다 보였는데, 개인적으로 나는 90년대 영화 한 편을 보는 듯한 느낌이 들었다. 비가 와서 더 그랬는지도 모르겠다. SNS에 올리고 주위 사람들은 서산까지 가서 도서관을 갔냐고 했지만, 개인적으로 아이들과 나는 너무 좋은 추억을 만들고 왔다. 비가 와서 더 진한 숲속 나무 내음이 살포시 코끝에 내려와 앉았고, 아이들과 함께 시간 가는 줄도 모르고 책을 읽었다. 마감 시간이 더 길었다면, 아마 더 있다 왔을지도 모르겠다. 날이 좋으면 토끼 먹이도 줄 수 있다고 하셨는데, 나중에 또 서산에 가게 된다면 다시 한번 들러볼 예정이다. 그때가 겨울이라면 따뜻한 핫초코와 함께하고 싶다.

아이에게 운동 외에 별다른 사교육을 하지 않는 대신 내가 선택한 것 중 하나는 바로 책 육아다. 아이에게 어떤 책을 읽어주어야 할지, 발달에 맞는 어떤 책을 추천해야 할지는 사실 나도 잘 모르겠다. 그저 아이가 책을 재밌게 받아들이길 바랐던 것이 가장 컸다. 어린 시절 나는 도서관이라는 곳이 있었는지도 잘 몰랐다. 6학년 때 담임선생님 덕분에 경복궁역에 있던 사직어린이도서관을 처음 알게 되었다. 지금은 서울특별시교육청 어린이도서관으로 바뀌었는데, 그곳은 나에게 신세계 그 자체였다. 그때 처음으로 빌려 읽게 된 책 제목도 선명히 기억난다. 비록 나는 조금 늦게 알게 된 도서관이지만, 우리 아이들은 조금 빨리 도서관에 흥미를 느끼길 바랐던 욕심도 있었다. 감사하게도 내가 자랄 때보다 어린이도서관도 많아졌고, 작은 놀이방처럼 구성된 곳들도 많아 아이들이 좀 더 좋은 환경에서 책을 즐기고 읽을 수 있음에 매일 감사하다.

함께 보면 좋은 꿀팁

추천해 주고 싶은 이색 도서관 & 책방

- 서울 삼청공원 숲속도서관 : 서울 종로구 북촌로 134-3 삼청공원
- 서울 오동숲속도서관 : 서울 성북구 화랑로13가길 110-10
- 서울 청운문학도서관 : 서울 종로구 자하문로36길 40
- 서울 마포리움 : 서울 마포구 홍익로2길 16 마포평생학습관 5층
- 서울 우리소리도서관 : 서울 종로구 삼일대로30길 47 4, 5층
- 서울 서초그림책도서관 : 서울 서초구 명달로 150
- 서울 국립어린이청소년도서관 : 서울 강남구 테헤란로7길 21
- 서울 송파책박물관 : 서울 송파구 송파대로37길 77
- 서울 책보고 : 서울 송파구 오금로 1
- 바람숲그림책도서관 : 인천 강화군 불은면 덕진로159번길 66-34
- 지혜의 숲 : 경기 파주시 회동길 145
- 열화당 책박물관 : 경기 파주시 광인사길 25
- 현대어린이책미술관 : 경기 성남시 분당구 판교역로146번길 20
- 의정부 미술도서관 : 경기 의정부시 민락로 248
- 의정부 음악도서관 : 경기 의정부시 장곡로 280
- 수원 별마당 키즈도서관 : 경기 수원시 장안구 수성로 175 스타필드 3층
- 춘천 실레책방 : 강원 춘천시 신동면 금병의숙1길 19
- 삼척 그림책나라 : 강원 삼척시 수로부인길 333 이사부사자공원
- 서산 토성산 맹꽁이 작은도서관 : 충남 서산시 토성산길 29-6
- 경주 누군가의 책방 : 경북 경주시 서악2길 32-16
- 경주 북홈경주 : 경북 경주시 천북남로 27 서광프라자 301호

서울 청운문학도서관

서산 토성산 맹꽁이 작은도서관

의정부 미술도서관

수원 별마당 키즈도서관

5

미술관, 작품 몰라도 괜찮아

"그렇게 지나다니면서, 여기에 미술관이 있는 줄도 몰랐네."

감사하게도 내가 사는 지역 근처에는 작은 미술관들이 많다. 동네 사람들조차 익숙하게 지나다니면서도 그곳에 미술관이 있었는지 모르는 경우도 꽤 많이 있었다. 내가 여기 미술관 다녀왔다고 하면, 거기에 미술관이 있었냐며 대부분 놀라곤 했다. 미술에 대해서는 잘 모르지만, 그저 그림 보고, 전시 보는 걸 좋아해서 낮잠을 안 자던 첫째와 자주 어린이집 땡땡이를 치고 미술관을 다니곤 했다. 그때까지만 해도 이렇게 가까운 곳에 미술관이 있는 줄 모르고, 인터넷에서 광고하는 전시 홍보물만 보고 1시간 거리의 미술관들만 다니곤 했다. 하지만 일상을 여행하듯 살아가기로 마음먹고 가까운 곳부터 아이들과 가볼 만한 곳들을 찾다가 지역구에서 하는 여러 작은 미술관들을 발견하게 되었다. 대체로 그 지역에 살았던 화가의 집이나 생가를 미술관으로 바꾸고 그 화가의 작품들을 전시한 곳이었다. 또 다른 미술관들은 개인 전시를 하다 보니 전시가 자주 바뀌기도 했다. 개인 전시 같은 경우에는 아이와의 방문이 혹시 어려운 전시일 수 있어 미리 확인하고 방문했다. 아이에게 화가의 작품 의도나 전시에 대해 전문적으로 설명할 수 있는 엄마는 아니었다. 대신 함께 그림을 보며 생각나는 대로 이야기하고, 각자 마음에 드는 작품을 하나씩 골라보며 우리만의 방식으로 미술관을 즐겼다.

"엄마 여기는 그냥 집 같은데….”

종로 어느 주택가에 위치한 고희동미술관과 박노수미술관을 방문했을 때, 아이들 반응은 딱 이랬다. 두 미술관 모두 원래 화가가 직접 살았던 공간을 미술관으로 바꾼 공간이어서 그동안 아이들이 갔던 미술관과는 사뭇 다른 분위기의 미술관이었기에 예상했던 반응이었다. 전시 작품들은 많지 않지만, 미술관 자체가 풍기는 분위기가 작품으로 느껴지는 공간이라 아이들과 공간을 둘러보는 데 더 시간을 보냈다. 고희동박물관은 종로의 숨겨진 한옥 미술관으로 과거 영화 속에 들어온 것 같은 기분이 드는 고즈넉한 미술관이었다. 정원은 작았지만, 여기가 서울 한복판이 맞나 싶을 정도의 소박한 공간이 꼭 여행 온 기분이 들어 평온한 기분이 들었다. 거기에 한옥에서 즐기는 색칠공부와 배지 만들기 등 아이들이 체험까지 할 수 있으니 더할 나위 없이 좋은 놀이터였다. 그리고 고희동미술관과 차 타고 멀지 않은 곳에 위치한 화가의 집 박노수미술관 또한 살아생전 박노수 화백이 지냈던 집인데, 같은 서양화가지만 두 집의 분위기는 사뭇 달랐다. 고희동미술관은 소박하고 한옥 분위기의 미술관이라면, 박노수미술관은 서양식 건축물의 전원주택을 보는 것 같아 두 개의 미술관을 비교하면서 관람하니 또 다른 재미를 느낄 수 있었다. 미술관이지만 그 시대의 화가가 사는 집을 구경하러 간 기분이 들어 아이와 그 시대를 이야기하는 데 도움이 되었다.

첫째가 잘 걷기 시작할 때쯤, 둘째를 가졌다. 이제 둘째를 낳으면 첫째와 많이 놀러 다닐 수 없을 것 같아 정말 부지런히 놀러 다녔다. 아직 성격도 채 완성되지 않은 아이가 창의적이고, 멋있게 자라길 바라면서 미술관이나 전시회도 많이 보러 다녔다. 그때는 정말 인터넷에서 유명하거나 화제가 되는 전시들만 찾아다니곤 했다. 하지만 지금 생각해 보면, 꼭 유명하거나 인기 많은 전시가 아니더라도 아이들에게는 모든 전시가 새로운 자극으로 다가온다는 것을 알게 되었다. 거기에 요즘엔 어린이미술관들도 잘 되어 있고, 체험형 전시들도 많이 하고 있어서 아이들에게 다양한 경험을 많이 시켜줄 수 있는 것 같다. 우리는 대체로 관람 후 집에 와서 미술관에서 느낀 부분이나 좋아하는 작품을 오마주 해서 아이들만의 표현법으로 그리거나 이야기하면서 생각을 나누곤 했다. 이제는 조금 컸다고 그림 그리는 걸 귀찮아하는 첫째와 그림 그리는 걸 좋아하는 둘째 반응이 극으로 달라서 둘이 언제까지 나와 함께해 줄지 모르겠다. 그래도 되도록 오랫동안 아이들과 함께 미술관을 여행하고 싶다.

함께 보면 좋은 꿀팁

전시보다 미술관 공간 자체가 재미있던 미술관

- 종로 고희동미술관 : 서울 종로구 창덕궁5길 40

- 종로 화가의 집, 박노수미술관 : 서울 종로구 옥인1길 34

- 홍제유연 : 서울 서대문구 홍은동 48-84

- 문화역서울284 : 서울 중구 통일로 1 문화역서울284

- 양주 가나아트파크 : 경기 양주시 장흥면 권율로 117

- 충주 오대호아트팩토리 : 충북 충주시 앙성면 가곡로 1434

- 당진 아미미술관 : 충남 당진시 순성면 남부로 753-4

- 서산 서해미술관 : 충남 서산시 부석면 무학로 152-13 강당초등학교

- 강릉 하슬라아트월드 : 강원 강릉시 강동면 율곡로 1441

양주 가나아트파크

강릉 하슬라아트월드

충주 오대호아트팩토리

종로 고희동미술관

6

전통 시장, 마트보다 재밌는 놀이터!

"옴마! 꼬기! 물꼬기!!"

남편과 아이와 함께 살게 된 우리 가족의 첫 집은 전통 시장에서 걸어서 5~10분 정도 거리에 있었다. 그때만 해도 새벽 배송이나 인터넷으로 장을 보는 것이 익숙하지 않아서, 나는 주로 근처 시장에서 장을 보곤 했다. 신생아 때부터 아기띠를 하고 아기를 안은 채 시장을 누비고 다녔다. 특히 장을 보고 난 뒤 500원짜리 호떡 하나를 사 먹으면, 달달한 맛에 밤잠 설친 피곤함도 잠시 잊을 수 있었다. 하지만 남편이 아기띠를 하고 호떡을 먹다가 아기가 화상을 입었던 일에 이야기한 뒤론 그 달달함이 더 이상 달게 느껴지지 않았다. 대신 아이가 6개월쯤 되니 옹알이와 손짓을 시작하면서 나의 시장 친구가 되어주었다. 엄마 품에서 고개만 빼꼼 내밀고, 짧은 손가락으로 이것저것 가리키기 시작했다. 그럴 때마다 "사과", "토마토", "양말" 아이가 가리키는 것들이 무엇인지 하나하나 이야기해 주었다.

그러던 어느 날 아이가 집에서 자주 읽던 물고기 그림책에 나오는 물고기가 떠올랐는지 생선 가게에 있는 생선을 보며 "옴마! 꼬기! 물꼬기!!"라고 말했다. 책 속에서 만나던 주인공을 시장에서 찾는 아이를 보니 시장이 더 흥미롭게 다가왔다. 그래서 이사하기 전까지 시장을 자주 이용했다. 그 덕에 아이를 알아보는 단골 가게들도 많아졌다. "애기 이거 하나 줘도 돼요?" 하고 물어봐 주는 사장님들도 생겼다. 그렇게 아이 손에 쥐여주는 뻥튀기, 귤 하나, 떡 하나로 시장의 정까지 느낄 수 있었다. 하지만 재개발로 인해 시장의 규모가 반으로 줄고, 이사를 하면서 더 이상 그때 그곳의 정을 느낄 수 없게 되었다. 지금은 아이에게 먹을 것을 하나 건네는 것도 조심스러운 세상이 되었지만, 가끔 전통 시장의 재미와 정을 느끼고 싶어 마트 대신 시장으로 아이들과 출동하곤 한다.

"엄마 저거 뭐야?"

아이들과 지방으로 여행을 갈 때면 꼭 검색해 보는 것 중 하나가 '시장'과 '오일장'이다. 시장은 지역별로 생김새와 특징이 달라 재밌고, 오일장은 5일에 한 번씩 열리는 이색적인 풍경이 흥미로웠다. 횡성 오일장은 횡성시장 바로 앞에서 열려, 시장과 오일장을 함께 즐길 수 있었다. 입구에 들어서자마자 핫바, 옛날 도넛, 젤리 등 구미가 당기는 간식거리가 가득했다. 유혹을 이겨내고 걷기 시작하면, 지나가는 길목마다 뻥튀기나 땅콩 등 맛보라고 건네주는 상인들 덕분에 입이 쉴 틈이 없었다. 결국 뻥튀기한 봉지 사서 손에 하나씩 들고 먹으며 오일장을 구경했다. 앉은뱅이 의자에 앉아 밭에서 갓 딴 채소를 팔고 계신 할머니들이 있었다. 거기에는 노각이나 여주처럼 아이들이 쉽게 접하기 어려운 채소들이 진열되어 있었다. 처음 보는 채소를 보며 아이들이 손가락으로 "엄마 저거 뭐야?" 하고 물었다. 나도 헷갈려서 "가시오이인가?"라고 대답하면, 팔고 계신 할머니가 "아녀~ 이거 여주야, 여주!"라고 정정해 주기도 했다. 그중 볏짚으로 잘 포장된 청란이 내 눈을 사로잡았다. "저게 청란이야! 파란색 달걀! 엄마도 처음 보는데 엄청 신기하다. 그렇지?" 아이들과 새롭게 보이는 것들에 대해 이야기하며 시간 가는 줄 모르고 구경했다. 또, 유행하는 벌집 꿀도 발견해서 구매했다. 먹다가 벌이 나올 수도 있다는 말에 아이들은 두 눈이 휘둥그레졌다. 오일장을 다 돌고 나오는 길에는 횡성 특산물 한우로 만든 한우 모양의 한우빵을 하나씩 물고 돌아왔다. 오일장이 아니더라도, 그 지역의 시장에서는 특산물을 다양하게 만나볼 수 있다. 서울에 있는 시장에서 볼 수 없는 다양한 풍경과 상품들이 또 하나의 특별한 이야깃거리가 되어주었다.

함께 보면 좋은 꿀팁

서울에서는 관광객들이 많은 큰 시장보다 동네에 위치한 전통 시장을 가보면 시장의 정겨움을 더 느끼실 수 있어요. 그리고 서울 외 지역을 여행하실 땐, 미리 '시장' 또는 '오일장'을 포털 사이트에 검색하고 가면 아이와 색다른 시장을 경험하실 수 있습니다.

7

고궁, 소풍 가기 좋은 날

"소풍 가자!"

아이를 키우다 보면, 아이 나이 때쯤의 내가 어렴풋이 기억난다. 내가 유치원 때는 궁으로 소풍을 많이 가곤 했다. 지금처럼 화려한 어린이 미술 관이나 체험 장소가 많지 않기 때문이었을까. 그 어린 나이에 궁에 가서 뭐 했는지 생각해 보면, 연못에 있던 잉어인지 붕어인지 모르는 물고기 떼와 엄마가 싸 준 도시락을 돗자리 펴고 둥글게 모여 앉아 먹었던 기억이 난다. 오늘은 아이와 뭐 하지 고민하다 어릴 때 기억이 나서, 고궁으로 소풍을 떠나기로 했다. 화려한 도시락은 아니지만, 냉장고를 털어 만든 주먹밥과 김밥, 그리고 과일 조금으로 피크닉 도시락을 완성하고, 아이들은 각자 물통 가방을 챙겨 들었다. 소풍이라는 말 자체만으로도 아이들의 마음은 벌써 들떠 있었다. 버스를 타고 가까운 고궁에 도착했다. 능이든 고궁이든 자연과 함께한 그곳은 초록 빛깔 나무와 잔디, 돌과 흙이 있는 아이들에겐 그저 자연 놀이터와도 같았다. 연못 앞 벤치에 앉아 물을 보며 물 멍을 하고 있으면, 아이들은 돌멩이를 한없이 모아 탑을 쌓고, 강아지풀은 아이들의 놀잇감이 되었다. 꽃이 핀 곳에서는 사진을 찍어달라며 예쁜 포즈를 취하고, 궁을 지나는 청설모나 고양이를 보면 신나게 따라가기도 했다. 아직 어린아이들에게 능이 어떤 분의 묘인지, 궁이 어떤 곳인지 설명하기엔 어렵지만, 그저 햇살 좋은 날 엄마랑 도시락 먹고 산책하면서 청설모도 만나고, 고양이도 만나고, 그런 기분 좋은 소풍의 추억을 아이들 기억 속에 저장해 주고 싶다.

"가지고 싶은 책이 있어요!"

아이가 여섯 살쯤 되니 가지고 싶은 책을 적어 오기 시작했다. 유치원에서 주말에 1권씩 읽고 '동화책은 내 친구'라는 독후 활동을 하는데, 독후감과 함께 해당 책을 가지고 와서 친구들과 편하게 나누어 보는 활동이었다. 그중 한 친구가 가져온 책이 재밌어서 일주일 동안 읽고선, 그 책 제목을 적어 왔다. 그 책의 이름은 바로 『궁궐에서 왔어요』. 그동안 궁궐에 관심도 없던 녀석이었는데 '궁궐에서 왔어요'라니 조금 당황스러웠다. 처음으로 가지고 싶은 책을 적어 온 아이를 위해 그 책을 찾아보았다. 그 책은 전집으로 판매하는 책이라 일반 서점에서 단권으로 구입할 수 없었다. 하지만 포기하지 않고, 중고 사이트에 상황 설명과 함께 구입을 원한다는 글을 쓰고, 운 좋게 단권으로 그 책을 구매할 수 있었다. 그 책은 아이들의 눈높이에 맞게 경복궁이 잘 정리되어 있는 책이었다. 그 주 주말 나는 그 책을 들고 아이와 함께 경복궁으로 떠났다. 책의 첫 페이지에 나왔던 수문장 아저씨를 경복궁에 들어서자마자 만났다. 그리고 책 한 페이지 한 페이지를 넘기면서 나라의 큰 행사와 정치를 하던 근정전부터 연회가 열리던 연못 위에 멋지게 지어진 경회루까지 책과 함께 경복궁을 돌았다. 이제 제법 아이가 궁에 관심을 가지게 되니 이렇게 책을 보면서 궁을 탐색하며 구경할 수 있구나 싶었다. 아이 덕분에 나도 그곳이 어떤 곳인지 다시 공부할 수 있었다.

내가 초등학교 때를 생각해 보면, 엄마에게 받은 천 원으로 버스를 타고 친구들과 창경궁, 덕수궁, 경복궁으로 놀러 갔던 기억이 난다. 사실 거기가 어떤 곳인지 안내문을 읽어도 잘 이해되지 않았던 것 같고, 그저 친구들이랑 어디를 간다는 것 자체만으로 즐겁던 시절이었다. 그때만 해도 궁 앞에 항상 솜사탕과 호박엿 같은 걸 팔고 있었는데, "나중에 엄마 아빠와 오면 사달라고 해야지!" 했던 기억만이 그때를 추억할 수 있게 만든다. 그때 내가 궁궐과 능에 좀 더 관심을 가지고 자세히 공부했더라면 어땠을까. 그랬다면 지금 아이에게 더 재미있는 이야기를 들려줄 수 있었을 텐데 하는 작은 아쉬움이 남는다. 그래도 궁과 능을 놀러 다녔던 시간이 아이들에게는 그저 즐거운 소풍처럼 기억되었으면 좋겠다.

국가의 의례 행사, 수문장 교대식, 야간 개장 같은 행사 때 방문해 보세요. 봄과 가을에 궁중 문화 축전과 같은 행사들이 열립니다. 지역별로 다르겠지만, 야간 개장을 포함해서 국가의 의례 행사를 보여주는 공간도 많아요. 그리고 수문장 교대식은 매일 진행하고 있으니 참고하시면 좋을 것 같아요.

8

영화관, 소통의 연결 고리

아이들이 어릴 때는 어린이 영화 한 편을 진득하니 보지 못하였기에 집에서 전자레인지에 팝콘 튀기고, 암막 커튼 치고, 조명 모두 끄고 극장 분위기를 만들어 영화를 보곤 했다. 디즈니 영화 〈겨울왕국〉을 볼 때도 친구들은 '렛 잇 고~'를 열창한다 했지만, 우리 집 아이들은 그마저도 다 보지 못했다. 그래서 영화관은 생각해 볼 수 없었다. 그랬던 아이들이 네 살, 여섯 살 정도 되고 나니 어느덧 영화관 관람 예절까지 지킬 수 있는 아이들이 되었다. 그 덕에 내 머릿속 '비 오는 날 아이와 가볼 만한 곳 리스트'에 영화관이 들어올 수 있었다.

아무 계획도 없던 주말, 창밖에 비가 주룩주룩 내리고 있었다. "오늘 뭐할까?" 남편이 물었다. 문득 머릿속에 유치원 엄마들이 알려준 영화 〈엘리멘탈〉이 생각났다. 불과 물의 원소에 대한 이야기에 영상미가 예쁘고 화려해서 아이들이 좋아했다는 말이 떠올랐다. 그래서 바로 핸드폰을 꺼내 영화관 상영 시간표를 찾아보았다. 아직 어린아이들이라 더빙으로 보면 더 몰입감이 있을 것 같았지만, 이미 더빙은 매진되어서 자막만 남아 있었다. 그래도 영상미가 예쁘다고 했으니, 자막으로 예매했다. 영화관에 도착해서 달콤한 팝콘도 사고, 포토존에서 사진도 찍었다. 첫 영화관에 한껏 들떠 있는 아이들을 보니 데리고 오길 잘했다는 생각이 들었다. 주인공이 위기에 처할 때마다 엄마를 찾는 아이들이었지만, 집에서 어두운 조명 아래 팝콘 먹으며 연습을 한 덕분일까, 첫 영화는 성공적이었다. 역시 집에서 볼 때와는 다른 몰입감과 영상미는 극장만 한 곳이 없었다. 문제는 자막으로 영화를 관람했기 때문인지 아이들이 주인공 이름을 기억하지 못했다. 둘은 불과 물이라고 부르며 이야기하고 있었다. 영상에는 몰입했지만, 스토리에는 몰입하지 못한 기분이 들어 아쉬움이 남았다. 다음번에는 더빙으로 한 번 보여주리라 마음먹었다.

   그 후에는 아이들과 모든 영화를 더빙으로 관람했다. 주위에선 귀가 열리기 위해서라도 자막으로 보는 걸 추천했지만, 개인적으로 아이가 언어적인 장애물 없이 영화 자체를 즐기기를 바랐다. 그리고 영화 관람 후 아이들과 함께 우리 나름대로 캐릭터를 분석하고, 줄거리에 대해 이야기했다. 주인공들 특유의 말투와 유행어를 따라 하며 며칠 동안 그 영화 속에 스며들어 지내기도 했다. 특히 영화 〈인사이드아웃〉의 경우, 화를 잘 내는

'버럭이'는 엄마이고, 자기들이 '기쁨이'라면서 캐릭터들의 성격에 대해 이야기했다. "엄마는 어떤 감정이 제일 좋아?"라고 물으며 각자의 생각을 나누는 시간도 가졌다. 나 역시 아이들이 말을 안 들을 때, 엄마의 감정들 중 버럭이가 지금 화를 낼 준비를 하고 있으니, 빨리 자야 한다고 말하며 영화 속 감정들을 생활 속에서 응용하기도 했다.

아이들과 함께 영화를 보는 것은 아이와의 소통에서 또 하나의 중요한 매개체가 되었다. 어느 육아 유튜브 채널에서 아이가 영상을 볼 때 부모도 함께 시청하는 것을 추천한다고 했는데, 이는 아이와의 소통을 위한 연결 고리를 만들어주기 때문이 아닐까 싶었다. 실제로 영화를 함께 보며 대화를 나누다 보니, 영화가 단순히 '재미있었다.'는 감상으로 끝나는 것이 아니라, 영화 속 이야기로 다시 들어가 다양한 생각과 상상을 나누며 즐거운 시간을 보낼 수 있었다.

영화를 보고 난 후 아이와 많이 하는 이야기들

– 어떤 캐릭터가 가장 되고 싶었어?

– 영화 속 캐릭터 중 누구의 행동이 가장 멋있었어?

– 만약 네가 주인공이라면 어떻게 했을 것 같아?

– 영화의 결말이 어떻게 끝났으면 좋겠다고 생각했어?

– 진짜 주인공들은 지금 뭐 하고 있을까?

– 주인공이 어려움에 처했을 때 너는 기분이 어땠어?

– 영화를 보고 어떤 감정이 가장 크게 느껴졌어?

– 영화 속 캐릭터와 친구가 된다면, 어떤 캐릭터와 친구가 되고 싶어?

– 영화에서 나왔던 노래들 중에 듣고 싶은 노래 있어?

9

찜질방과 목욕탕의 반란

항아리 모양의 바나나우유, 병에 담긴 맥콜, 덜덜덜 돌아가는 선풍기, 네모난 쇠붙이에 고무줄이 걸려 있던 목욕탕 옷장 열쇠. 어린 시절 내 기억 속에 남아 있는 목욕탕이다. 목욕 바구니를 들고 엄마 손을 잡았다. 마치 '나도 여자'라는 특권을 가진 듯 당당하게 여탕에 들어섰다. 그것이 우리 가족의 일요일 아침 필수 코스였다. 엄마와 탕에 들어가면 잠수를 하고 자칭 수중발레리나가 된 것처럼 온갖 묘기를 펼치다가 물을 된통 먹곤 했다. 엄마는 나를 먼저 씻기고 내보내며 얼굴만 빼꼼 내밀어 목욕탕 아줌마에게 "이모, 얘 바나나우유 하나 주세요."라고 외치곤 했다. 목욕탕 휴게 공간에 놓인 평상에 앉아 빨대 꽂힌 바나나우유를 마시며 엄마가 세신을 마칠 때까지 기다렸다. 지나가는 아줌마들마다 "엄마 기다리는구나."라며 관심을 가지기도 하고, 같은 유치원 남자아이를 만나 부끄러워했던 기억도 어렴풋하게 남아 있다. 그때 목욕탕을 나오는 엄마와 내 몸에서 나던

비누 향이 아직도 생생하다. 요즘은 집에 샤워기와 욕조가 있는 집이 많아져서 군이 일요일마다 목욕탕을 찾지 않아도 되는 시대가 되었지만, 가끔 그 시절의 추억이 그리울 때가 있다.

2022년 겨울, SNS를 뜨겁게 달구는 영상 하나가 눈에 들어왔다. 아이들이 뛰어놀 수 있는 놀이방과 어른들도 놀 수 있는 오락실, 노래방에 북카페, 거기에 야외 테라스와 다양한 체험들이 있는 찜질방이었다. 아이가 없었으면 눈에 들어오지도 않았을 찜질방이지만, 추운 겨울에 가면 너무 좋겠다는 생각이 들었다. 그리고 왠지 영상에 나온 장소 외에도 놀이방이 있는 찜질방이 있을 것 같아서 나의 검색 능력을 발휘해 보았다. 그렇게 해서 성사된 아이들의 첫 찜질방 여행기. 남탕과 여탕으로 나누어 들어가는 것부터 신기해하던 엄마 바라기 첫째는 바로 아빠와 자기는 남자라면서 나에게 선을 그었다. 딸이 없었으면 얼마나 서러웠을까 싶었다. 여탕에 입장한 후, 옷장에 옷을 넣고 목욕탕으로 들어갔다. 목욕탕을 처음 가본 딸아이는 "엄마 여기 수영장이야?"라고 말하면서 왜 부끄럽게 다 벗고 있냐고 말했다. 귀여워 웃음이 났다. 목욕탕에서 샤워를 하고, 탕에서 한바탕 놀고 찜질방으로 향했다. 여탕 앞에서 언제 나오나 기다리는 두 남자를 보니 데이트할 때 화장실 앞에서 기다리던 남편이 생각나서 괜히 수줍은 마음이 피어올랐다. 남편과 연애할 때도 안 가던 찜질방을 아이들이 생기고 나서야 가게 되니 빠르게 흘러간 시간이 놀라웠다. 그 사이 아이들은 찜질방 놀이방을 보자마자 뛰어 들어갔다. 기다란 미끄럼틀에 볼풀장과 꼬불꼬불 정글짐까지 규모는 작았지만 알찬 놀거리에 놀랐다. 놀이방에서 한바탕 놀고 나와 아이들과 남편과의 추억을 곱씹으며 탁구장에서 탁구도 치고 노래방이 있는 오락실에서 시간을 보냈다. 만화책과 동화책이 가득한 북카페에서 책을 보다 보니 답답한 마음이 들어 야외 테라스에 나가서 잠시 바람도 쐬었다. 아이들과 나란히 앉아서 족욕도 즐기고, 복합문화 공간 부럽지 않은 찜질방에 놀라움을 감추지 못했다. 그렇게 여기저기 누비며 허기진 아이들과 매점에서 맥반석 계란과 식혜도 먹고, 수건으로 양 머리도 만들며 놀았다. 찜질방 식당에서 저녁까지 먹으니 하루 코스가 완벽했다. 집으로 돌아가기 위해 다시 목욕탕으로 향했다. 온탕과 이벤트탕을 오가며 욕탕의 매력에 흠뻑 빠진 아이는 바가지 하나를 들고 이리저리 바삐 움직였다. 아무 장난감도 없는 목욕탕에서 어떻게 저렇게 잘 놀수 있나 싶었다. 이제 집에 가야 할 시간이라 목욕탕 문 닫을 시간이라고, 하얀 거짓말로 아쉬운 마음을 뒤로한 채 찜질방을 나왔다. 매서운 바람이 부는 추운 겨울날 뜨끈한 추억 하나를 만들 수 있었다.

　과거에 내가 어릴 때 다니던 목욕탕이나 찜질방과 달리 요즘에는 다양한 시설의 찜질방들이 점점 늘어나고 있다. 놀이방과 오락실을 뛰어넘어 수영장이나 썰매장, 고기를 구워 먹을 수 있는 곳까지 생겼다. 이제는 단순한 목욕과 찜질하는 것 이외에 온 가족이 다 함께 여가 시간을 즐길 수 있는 곳으로 성장하고 있는 것 같다.

　장맛비가 대차게 내리던 날 "엄마, 오늘 아빠도 있으니까 거기 남탕, 여탕 있던데 가고 싶어!" 지난겨울 내에 여러 차례 다녀왔던 찜질방의 추억이 그리웠는지 첫째가 말했다. "그래! 좋은 생각이네! 가자!" 비가 와서 올라간 습도를 이길 곳은 찜질방만 한 곳이 없지. 창문 하나 없이 막혀 있는 찜질방, 그날 날씨를 잊고 온 가족이 다양한 활동을 즐기며 시간을 보내기엔 꽤 괜찮은 선택이었다.

서울 근교 놀이방 있는 찜질방 리스트

– 서울 강변스파랜드 : 서울 광진구 구의강변로 45 지하 2층

– 서울 건영스파밸리 : 서울 노원구 섬밭로 258 건영백화점 7층

– 서울 봉일스파랜드 : 서울 관악구 은천로 28 봉일프라자

– 서울 루하스사우나 : 서울 은평구 통일로 1022 지하 1층

– 서울 더파크 스파랜드 : 서울 영등포구 선유동1로 50 A동 지하 1층

– 다산 킹찜질방 : 경기 남양주시 다산중앙로123번길 22–80 신해메디컬타워 8층

– 고양 스파아일랜드 : 경기 고양시 일산서구 중앙로 1371 뉴서울프라자 지하 1층

– 고양 웰니스스파찜질방 : 경기 고양시 덕양구 오부자길 37 지앤지테라스몰 4〜5층

– 고양 엠스파 : 경기 고양시 일산서구 중앙로 1493 애비뉴상가 지하 1층

– 고양 에이스스파랜드 : 경기 고양시 일산서구 고봉로 291 에이스스타디움

– 고양 동궁스파24시사우나 : 경기 고양시 일산동구 중앙로 1123 흰돌마을2단지아파트

– 부천 스카이랜드 : 경기 부천시 원미구 상동로 90 메가플러스 7층

– 수원 스파렉스 : 경기 수원시 영통구 봉영로 1569 뉴월드프라자 7층

– 수원 북수원 온천 : 경기 수원시 장안구 서부로 2139 SK허브 8〜9층

– 파주 지앤지스파 : 경기 파주시 가나무로 143 5〜7층

– 배곧스파 24시 사우나 : 경기 시흥시 서울대학로264번길 26–32 중앙프라자 8층

– 의정부 천보산 24시 불한증막 : 경기 의정부시 천보로 68 월드투타워 6〜8층

– 광주 황금스파랜드 : 경기 광주시 광주대로55번길 6

10

이색 키즈카페, 진화하는 체험 세상

팬데믹 이후 키즈카페 시장에도 큰 변화가 생겼다. 건강에 대한 걱정과 우려로 키즈카페를 예전처럼 사람들이 찾지 않으니 시간대별로 대관해서 예약자만 사용할 수 있는 무인 키즈카페들이 생겨나기 시작했다. 또 정해진 시간에 예약된 사람들만 체험할 수 있는 밀가루 놀이와 키즈 베이킹 키즈카페까지 생겨났다. 솔직히 나는 이렇게 키즈카페 시장이 변하기 전에는 굳이 키즈카페를 잘 데리고 가지 않는 엄마였다. 아이들 친구 엄마들이 가자고 하지 않는 이상 키즈카페가 아니더라도, 아이와 갈 곳들은 너무 많다고 생각했기 때문이었다.

그런데 키즈카페가 다채로워지면서 나의 눈을 사로잡는 곳들이 생겼다. 그 첫 번째는 바로 밀가루, 촉감 놀이를 할 수 있는 체험형 키즈카페였다. 집에서 해줄 수 없는, 아니 집에서 해주고 싶지 않은 밀가루 촉감 놀이라니 구미가 당겼다. 아이의 정서에 촉감 놀이가 좋다는 이야기가 많아서 모래 놀이나 반죽 놀이 같은 건 시도해 봤지만 밀가루는 감히 엄두도 내지 못했던 놀이였다. 아이에게 꼭 경험하게 해주고 싶었다. 모래보다 훨씬 고운 입자를 가진 밀가루는 내가 요리할 때 만져도 매우 부드러운 촉감이었다. 그 촉감을 온몸으로 경험해 본다는 건 꽤 멋진 경험이 될 것이라고 생각했다. 또한 분리 수업으로 진행되어 나에게 1시간의 자유 시간이 생기는 것도 너무 좋았다. 주저 않고 바로 예약했다. 시간대별로 6명의 아이들만 이용할 수 있었고, 업체에서 준비한 전용 멜빵바지를 입고 입장하기에 옷에 대한 걱정도 필요가 없었다. 엄마와 분리 수업이라 걱정했지만, 꽤 호기심 가득한 얼굴로 입장에 성공했다. 하지만 밀가루 놀잇감이 있는 근처에는 가지도 못하고, 입구에서 발만 동동거리는 아이를 보니 과거의 한 장면이 떠올랐다.

첫째는 전형적인 서울 샌님이라 모래를 밟을 때마다 신발에 느껴지는 감촉도 극도로 싫어했다. 바닷가에서 두 발이 땅에 닿을까 봐 엄마 팔에 매달려서 다니고, 모래가 있는 놀이터에서는 한 발자국도 움직이지 않던 아이였다. 그래도 많이 접하고 노력해서 모래 놀이는 할 수 있을 정도가 되었다. 그래서 당연히 밀가루도 접할 수 있을 줄 알았는데, 또 다른 촉감을 맨발로 오롯이 느껴야 해서인지 아이는 겁이 났던 것 같았다. 넓은 통창으로 상황을 보고 있다가 선생님께 보호자도 들어갈 수 있는지 여쭤보고 양말을 벗고 밀가루 놀이터로 들어갔다. 아이에게 혹시 이 촉감이 싫은지 물어보았더니, 아이는 고개를 끄덕였다. 발에 뭐가 자꾸 붙는 게 싫다고 했다. 나는 바닥에 얇게 뿌려진 밀가루를 양쪽으로 가르며 아이가 밀가루 놀잇감이 있는 곳까지 갈 수 있도록 길을 만들어주었다. 그제야 아이는 조심스럽게 궁금해하던 밀가루 놀잇감이 있는 곳으로 향했다. 발은 싫었지만, 손으로 만지는 촉감은 괜찮은지 밀가루로 아이스크림도 꾹꾹 눌러 만들며 적응할 수 있도록 도와주었다. 조금 적응이 된 아이를 보며 조심스럽게 나와 유리 넘어 아이를 지켜보았다. 밖으로 나간 날 보면서 자기가 만든 것들을 자랑하기 시작하던 아이는 나중에 발에 밀가루가 묻은 것도 모른 채 여기저기 뛰어다녔다. 확실히 모래와는 다른 촉감이었다는 것을 알 수 있어 데리고 오길 잘했다는 생각이 들었다.

두 번째로 내가 선택한 키즈카페는 바로 베이킹 키즈카페였다. 쿠키는 간단히 쿠키 반죽을 사서 아이들과 직접 만들어 에어프라이어로 구우면 되니 어렵지 않았다. 하지만 빵, 피자, 케이크 등의 요리는 나 역시 경험이 없기에 집에서 시도해 보기 어려웠다. 그러다 어린이들을 대상으로 베이킹 체험 수업을 하는 키즈카페를 알게 되었다. 총이용 시간은 1시간 30분이고, 반은 베이킹 수업 시간, 나머지 반은 굽는 시간이었다. 굽는 시간 동안 아이들이 기다리면서 놀 수 있는 놀이방과 보드게임, 책들도 있어서 비오는 날이면 내가 자주 찾게 되는 곳이 되었다. 도착해서 예약자를 확인한 후, 주어진 앞치마와 두건을 아이에게 입히고 베이킹 수업에 들어갔다. 나는 유리창 너머로 아이들을 지켜보며 책을 읽거나 일을 했다. 설명을 듣고, 선생님을 따라 하나씩 반죽하며 모양을 만드는 아이들을 보고 있으면, 어떨 땐 나보다 더 손놀림이 프로급이지 싶었다. 처음 갔을 때, 선생님의 도움을 받으며 쭈뼛쭈뼛 마리오 캐릭터 쿠키를 만들던 모습이 떠올랐다. 그런데 이제는 한 손으로 능숙하게 반죽을 밀며 선생님께 폭풍 질문을 쏟아내는 아이를 보니, 자신감이 많이 붙었음을 느낄 수 있었다. 베이킹 수업은 촉감놀이와 비슷했지만, 놀이에서 끝나지 않았다. 자신이 직접 만든 빵이나 쿠키를 가족과 함께 나누어 먹으면서 성취감까지 느낄 수 있다. 체험형 키즈카페는 보호자와 분리 수업을 진행한다는 점에서 엄마라는 역할에서 잠시 벗어나 한숨 돌릴 수 있는 여유를 주었다. 거기에 아이는 새로운 경험을 통해 배울 수 있다는 점에서 이색 키즈카페는 큰 장점을 가지고 있다.

함께 보면 좋은 꿀팁

특정 이색 키즈카페 체인점을 알려주는 것보다, 네이버 지도에서 밀가루 카페, 베이킹 키즈카페, 드로잉 카페 등을 검색해 보세요. 그러면 현재 위치에서 가까운 곳들이 검색될 거예요. 요즘에는 흙 놀이, 가드닝 체험, 미술 체험에 수영장까지 제공하는 프로그램형 키즈카페도 많이 있으니 아이들과 다양한 형태의 키즈카페를 즐겨보세요.

11

나만의 여행 스타일 잡기

아이들과 여행을 다니며 기록하려고 시작한 블로그의 방문자 수가 생각보다 많아졌다. 그리고 틈틈이 인스타그램에도 아이와의 여행 기록들을 적어가기 시작했다. 그러다 보니 자연스럽게 SNS에 아이와 여행을 주제로 하는 엄마들과 소통하게 되었다. 그들 중에는 일명 파란 딱지를 붙이고 있는 인플루언서 엄마들도 있었다. 나는 그들만큼 빠르게 아이들과 가볼 만한 곳과 가장 인기 있는 장소들을 올리는 데 집착하기 시작했다. 그리고 이미 예약 전쟁인 장소에 예약을 하려고 알람을 맞출 정도로 열정을 다했다. 그러던 어느 날 '내가 왜 이렇게까지 집착하고 있지?'라는 생각이 들었다. 이것은 과연 아이들을 위한 것인가, 아니면 그저 좋아요와 조회 수를 사냥하기 위한 행동인가, 많은 생각들이 오고 갔다. 이것은 내가 원했던 육아 방식이 아니었다.

"사교육보다 많은 걸 보여주고, 느끼고, 경험하게 해주고 싶어."라고 남편에게 말했던 나의 생각과는 전혀 다르게 흘러가고 있었다. 어쩌면 그때의 나는 좋아요와 조회 수를 위해 달리는 SNS 노예에 그치지 않았다. 생각을 빨리 고쳐야 했다. 아이들을 위해서라도 변화가 필요했다. 먼저 SNS를 잠시 멈췄다. SNS에서 예쁜 영상미에 빠져 '와! 예쁘다! 여기 가면 아이가 좋아하겠지!' 하고 무심코 예약부터 하는 습관을 버렸다. 어쩌면 아이를 위한 것이 아니라 좋아요와 조회 수를 늘리기 위한 선택이었을지도 모른다. 또한 '여기 좋다! 빨리 가야겠다!'는 충동적인 결정도 멈추었다. 그것은 아이를 위해서가 아니라 좋은 곳을 남들보다 빨리 SNS에 올리고 싶은 욕심이었을 것이다. 설령 아이를 위한 선택이었다 해도 그 순간만큼은 반대편에서 생각해 보기로 했다. 그렇게 멈추고 나니 아이와 일상을 대하는 나의 태도에도 변화가 생겼다. 우선, 자신만의 규칙과 계획이 생긴 여섯 살 첫째를 위해 어디를 떠나든 첫째의 의견을 존중하게 되었다. 하원 후 아이가 자신만의 계획이 있다면, 그에 대한 의견을 따라주고, 굳이 나가려 하지 않았다. 꼭 아이를 데리고 가고 싶은 곳이 있으면 의논 후 함께했다.

한번은 강화도에 있는 키즈카페가 놀잇감이 풍부하고 다양한 직업을 상황 놀이로 경험해 볼 수 있는 여러 체험 부스를 갖추고 있다는 이야기를 들었다. 거기에 신체 활동하기 넓은 공간도 잘 마련되어 있다는 말에 끌려 아이들과 함께 방문한 적이 있다. 당일 선착순 현장 예매로만 가능했는데,

마침 첫째 친구가 1회 차 시간대를 이용 중이라고 연락이 왔다. 그 덕분에 2회 차 시간대 표를 구할 수 있어서 친구와 함께 신나게 놀 수 있었다. 굳이 나를 찾지 않아 나로서도 오랜만에 편안함을 누렸던 것 같다. 2시간을 야무지게 함께 놀고 아쉬운 마음에 근처에 있는 강화 소창체험관으로 향했다. 규모는 그렇게 크지 않았지만, 직물을 만드는 직조기 같은 것들을 구경하고, 소창으로 만든 소창 직물로 손수건 꾸미기 체험을 했다. 하얀 손수건을 만지작거리며 어떻게 꾸밀까 한참을 망설이는 아이에게 "마음대로 도장 찍고, 글씨도 쓰고 싶은 대로 마음대로 써도 돼~ 정답은 없어. 망치면 나중에 와서 또 하면 되지!"라고 말했다. 아이는 마음에 드는 패브릭 펜을 하나 들고 글씨도 쓰고 낙서 같은 그림들도 그렸다. 언제 또 이런 얇은 천에 마음껏 그림을 그려보겠나 싶었다. 시간이 모자라서 아쉬워하는 아이에게 집에도 패브릭 펜이 있다고 귀띔해 주며 체험을 마무리했다. 체험 후에 뒤쪽에 숨겨진 마당을 발견했다. 앞쪽 마당에는 커피를 먹을 수 있는 정자와 의자가 있었는데, 혹시 쉬고 있는 사람들에게 방해가 될까 싶어 뒤쪽 마당에서 놀기로 했다. 아이들과 함께 숨바꼭질도 하고, 무궁화꽃이 피었습니다 놀이도 하며 열정을 다해 함께 뛰어놀았다. 좁은 공간에 옹기종기 숨어 있던 아이들의 삐죽 나온 머리카락이 너무 귀여워 일부러 모르는 척했다. "어디 있지~? 어디 있을까~?" 하며 주변을 돌아다녔다. 그러다가 결국 "어흥!" 하고 찾아내면 아이들은 깜짝 놀라면서도 웃음소리를 멈추지 않았다. 그때 웃음 가득한 아이들의 얼굴이 아직도 선명하게 기억난다. 어쩜 내가 보여주고 느끼게 해주고 싶은 것들은 화려하거나 대단한 것들이 아니었을지 모른다는 생각이 들었다. 그리고 다행히 아이들은 화려하고 웅장한 곳이 아니어도 즐거워했다. 결국 중요한 것은 장소가 아니라 엄마와 함께 놀이하는 시간이 아닐까 생각이 들었다. 그저 함께 뛰어놀고 알아가고 탐색하는 것들을 더 많이 기억해 주었다.

"엄마, 지수는 집에 고양이가 있어서 맨날 만져볼 수 있대. 나도 고양이 만져보고 싶어." 아이가 말했다. 어디를 가면 고양이를 만질 수 있을까 고민했다. 길고양이를 만질 수도 없고, 친구 집에 있는 고양이는 겁이 많아 숨기 바쁜데, 어디를 가야 하나 두뇌를 풀가동하며 검색했다. '실내에서 토끼 먹이도 먹이고, 뱀도 만질 수 있는 곳도 있으니, 분명 고양이를 만질 수 있는 곳도 있을 거야.' 하면서 찾다가 발견한 키워드가 '고양이 카페'였다. 생각보다 고양이 카페들이 많았다. 후기도 보고, 아이와 가기 더 좋은 곳이 없을까 찾다가 알게 된 곳이 유기묘 카페였다. 동물 보호 단체에서 구조된 유기묘들을 보호하는 카페로 방문객의 입장료로 모금 활동 없이 운영되는, 방문이 기부가 되는 착한 가게였다. 일반 고양이 카페는 집에서 20~30분 거리에도 있었지만, 아이들과 50분가량을 달려 유기묘 카페에 도착했다. 이날은 특별히 어디 가는지 설명하지 않았다. 좋아해 줄 것이라는 확신이 있었고 깜짝 놀라게 해주고 싶은 마음 때문이었다. 지하 주차장에 내리면서 "엄마 어디 온 거예요~?"라고 물어보는 아이들에게 "2

층에 올라가면 뭐가 있다고 하는데, 어서 올라가 보자!" 하면서 서둘렀다. 글씨를 아는 첫째가 엘리베이터를 타자마자 층별 안내도 2층에 쓰여 있는 문구를 읽으며, "엄마 집사가 뭐예요?"라고 물었다. 집사는 고양이를 키우는 주인을 뜻하는 단어라는 것을 알려주고, 우리가 가는 곳에 대해 설명해 주었다. 유기묘는 유기된 고양이, 주인이 없어서 길거리에 버려진 고양이를 뜻하고, 오늘 우리가 만나는 고양이들은 동물 구조 단체에서 구조되어 입양을 기다리는 고양이들이라고 덧붙여 설명해 주었다. 어린아이들이기에 고양이에게 먹이를 주고 만질 수는 있지만, 고양이를 대하는 매너에 대해 여러 번 반복해서 말해주었다. 아이들은 입장하기 전 손을 씻고 들어서자 눈이 휘둥그레졌다. 자고 있는 고양이, 돌아다니는 고양이, 걷는 고양이, 15마리 정도 되는 고양이들이 카페를 채워주고 있었다. 아이들은 간식을 들고 다니면서 마음에 드는 고양이 앞에 앉아 간식을 먹이고, 조심스레 고양이 등을 어루만졌다. 덩달아 나도 용기 내어 만져보았다. 털이 너무 부드러워 자꾸 만지고 싶다는 생각이 들었다. 가만히 앉아서 고양이를 쓰다듬어 주니 잠시 내게 몸을 대고 누워 잠들기도 했다. 나도 이렇게 포근하고 사랑스러운데, 아이들은 얼마나 좋을까 생각했다. 2시간이 지나고도 집에 가자 말하지 않는 녀석들을 보니, 키즈카페만큼이나 유기묘 카페에 매력을 느낀 것 같아 데려오길 잘했다는 생각이 들었다. 거기에 또 다른 선행을 경험할 수 있는 좋은 기회였기에 엄마로서 뿌듯한 마음도 함께했다. 사람이 아닌 동물을 도와주는 경험은 아이들에게 흔치 않기에 다녀온 후에도 우리가 갔던 곳에 대한 설명을 하며 집으로 돌아왔다. 누군가를 도운 뒤 느끼는 뿌듯함과 만족감은 아이가 앞으로도 선행을 실천할 수 있는 좋은 내적 동기가 될 것이라 생각했다. 물론, 어쩌면 이것도 엄마의 작은 욕심일지도 모른다.

　이런저런 이유로, 4개월째 블로그와 인스타그램을 방치했다. 블로그 순위는 한없이 낮아졌고, 인스타그램 팔로워 수는 더 이상 늘어나지 않았다. 인기 있는 장소라고 무작정 예약하거나 떠나지 않으니, 나만의 여행 스타일이 생겼다. 아이에게 내가 보여주고 싶고, 느끼게 해주고 싶은 경험들이 무엇인지 조금씩 드러나기 시작했다. 더 이상 조회 수와 좋아요 사냥이 아닌 아이와 진정으로 즐길 곳들을 탐색했다. 그 시기 아이의 최대 관심사에 대해 논의하며 가볼 만한 곳들을 찾거나, 매달 나름의 주제를 잡아 여행하곤 했다. 평일에 두서없이 떠나던 방식도 바꾸고, 아이의 유치원이 쉬는 주말과 공휴일, 방학을 이용했다. 과거처럼 많은 곳을 다니거나, 인기 있는 곳들을 찾아다니지는 못하지만, 일상의 시간은 이전보다 평화롭게 흘러갔다. 남들보다 빠르게 인기 있는 곳을 다녀오는 것이 아닌, 우리 가족의 속도로 여행하기 시작했다. 그리고 그런 여행들을 하며 숨은 특별함을 찾을 때마다 쾌감을 느꼈다. 이제 내 SNS는 유명하거나 인기 많은 장소들에 대한 정보는 많지 않지만, 아이들과 나의 일상을 담은 여행기가 담겨 있다. 그렇게 해서 만들게 된 나의 콘텐츠가 바로 '아이와 일상을 여행하는 도연샘'이다. 나와 아이의 일상 패턴을 해치지 않고, 아이와 일상에서 만나는 새로운 것들을 함께 탐색한다. 그리고 아이가 관심 있어 하는 분야에 조금 더 가까워질 수 있도록 경험시켜 주고 싶다. 그래서인지 아이들과 평소에 대화하면서도 아이가 요즘 무엇에 관심이 있는지 더 많이 귀 기울이게 된다. 주말 데이트 장소에 큰 힌트가 되어주기 때문이다.

함께 보면 좋은 꿀팁

나만의 여행 규칙

– 아이와 나의 일상 패턴을 중요하게 생각해요.

– 아이의 관심 분야가 무엇인지 생각하고, 가볼 만한 곳들을 찾아요.

– 여행 계획을 짤 때, 아이들이 그 장소를 충분히 즐길 수 있도록 시간적 여유로움을 주어요.

– 어느 한 지역을 여행할 때, 이동 시간을 최대 30분 이내로 최소화하여 계획해요.

– 상황에 따라 무리수가 생기면, 욕심부리지 않고 과감하게 일정을 변경해요.

12

집콕육아, 집에서 하는 미션 게임

첫째가 여섯 살이 되었을 때, 아이만의 계획이 있다는 것을 알게 되었다. 요즘 아이들은 빠르다고 하더니, 내가 초등학교 1학년 때쯤 하던 계획을 아이는 벌써부터 세우고 있었다. 일주일이 월, 화, 수, 목, 금, 토, 일로 이루어져 있다는 것을 이해한 뒤의 일이었다. "화요일은 체육 가는 날, 수요일은 엄마랑 놀러 가는 날, 오늘은 금요일이니까 유치원 갔다 와서 우주 책을 만들어 놀아야지."라는 식으로 자기만의 계획을 세웠다. 언제나 엄마 손에 이끌려 엄마 뜻대로 하원 시간을 보내던 아이였는데, 이제는 하원 후 자신의 계획을 이야기했다. 너무 빨리 커버린 것 같아 아쉬운 마음이 들면서도, 아이의 의견을 존중해야겠다고 생각했다. 그래서 외출해야 하는 날에는 미리 아이에게 이야기해 주었다.

외출을 하지 않은 날에는 집콕육아를 했다. 평소에 아이들은 대부분 거실에서 놀지만, 집콕육아를 하는 날에는 아이들 방을 최대한 놀 수 있는 공간으로 만들어주었다. 미니 텐트도 펼쳐주고, 터널도 펼쳐주면 자기들 끼리 작은 의자며 인형들까지 모두 방으로 가지고 와서 놀곤 했다. 어느 날은 산이 되고, 어느 날은 바다라고 표현하며 놀았다. 그렇게 아이들이 놀고 있는 모습을 보고 있으면, 어린 시절 집에서 놀고 있는 나를 보는 기분이 든다. 초등학교 때 집에 돌아오면 혼자 있는 날이 많았다. 안방에 작은 이불 하나 깔고, 집에 있는 모든 베개를 꺼내서 테두리를 만들었다. 그리고 이불이 깔린 공간은 오롯이 나만을 위한 공간이었다. 때론 배가 되기도 하고, 우주선이 되기도 했다. 아끼던 곰 인형도 항상 함께였다. '미코'. 아직도 기억나는 이름이다. 그 우주선에서 나는 엄마가 쓰던 커다란 바느질함을 가지고, 우주선이 운행되는 동안 작아진 내 옷을 잘라 곰돌이 미코 옷도 만들어주고, 단추도 달아주면서 시간을 보냈다. 가끔 냉장고에서 꺼내 온 과일과 과자를 먹으면서, 저녁이 온 것처럼 연기하고 자는 척하고 일어나면 또다시 아침이 온 것처럼 상황극을 하며 놀았다.

"엄마, 여기는 바다야!" 아이들이 텐트에서 나와 수영하는 척을 하면서 식탁에 앉은 나에게 다가왔다. 나도 같이 수영하는 척을 하면서 거실을 돌아다니며 "저기 돌고래 부부도 나왔는데~?"라고 말하면서 함께 바다 수영을 즐겼다. 어느새 텐트 배로 돌아가서 또 사부작사부작 노는 아이들을 위해 냉장고를 열었다. 우엉조림과 시금치 무침을 확인하고, 당근을 썰어프라이팬에 달달 볶고, 계란으로 지단을 만들어 간단하게 꼬마 김밥을 쌌다. 작게 싼 꼬마 김밥과 냉장고에 있는 과일을 각각 도시락통에 넣고, 젤리나 간식 같은 것도 함께 아이스백에 넣었다.

"도시락 배달 왔습니다." 두둑한 식량 아이스백을 가지고 수영하는 척을 하면서 아이들 텐트에 도착했다. 이미 엄마가 수영하는 척하면서 오는 걸 본 앞니 빠진 첫째가 활짝 웃으면서 옆에 있던 동생을 흔들었다. 도시락 배달에 두 아이의 얼굴은 이미 함박웃음이 가득했다. 배달 온 도시락을 열어보며 함께 넣어준 간식거리에 더 신나 하는 아이들이었다. 김밥과 과일을 먹으면서 둘만의 대화를 이어가는 아이들을 보고 있으면 엄마 미소가 절로 나왔다. 정말 소풍이라도 나온 것 같아 집에서 노는 날이면, 텐트도 펴주고, 도시락을 싸 주곤 한다. 가끔은 일부러 우산을 펼 수 있게 해서 비 오는 날 피크닉 온 것처럼 텐트 속에서 놀다가 거실을 나올 때면 우산을 펴고 돌아다닌다. 그럼 나는 구불구불한 포장재를 던져주곤 한다. 별거아닌 것 같지만, 아이들은 까르륵 웃으며 그 상황에 푹 빠져든다.

그렇게 집에서 하루를 보낸 토요일, 퇴근한 남편과 오붓하게 회에 하이볼을 마시며 영화를 보았다. 어느새 시간은 새벽을 향해 흘러갔다. 일요일 아침만이라도 늦잠을 자고 싶은 마음에 아이들을 위한 모닝 게임을 준비하고 잠자리에 들었다. 이 게임은 첫째가 글씨를 읽기 시작하면서 시작했다. 원래 방학 때나 주말 낮에 집에서 가끔 하던 게임인데, 일요일 아침 별다른 일정이 없을 때 하면, 조금이라도 늦잠을 잘 수 있어서 좋았다.

이 게임은 엄마의 수고로움이 조금 필요하지만, 나의 늦잠과 아이들의 즐거움을 채우기엔 충분했다. 원래는 손 글씨로 포스트잇에 일일이 써서 했던 게임이지만, 프린터를 산 이후에는 한글로 타자를 쳐서 게임을 진행하니 좀 더 수월해졌다. 게임 방법은 엄마가 메모지에 적어둔 미션을 하나씩 따라가며 수행하는 방식이다. 아침에 일어난 아이들이 나를 깨우기 시작하면, 식탁에 가보라고 이야기했다. 게임을 하는 아이들을 보려 소파에 자리를 잡고 누웠다. 아이들은 설레는 표정으로 식탁에서 첫 번째 메모를 발견했다.

1) 굿모닝! 친구들! 오늘도 게임을 준비했어! 자! 이제 시작해 볼까? 나는 누구일까? 나는 따뜻한 걸 데워줄 때 사용하는 기계야. 나는 전기가 있어야 사용할 수 있어. 나는 주방에 있어. 나를 찾아볼래?

첫 번째 메모의 정답을 찾은 아이들은 전자레인지 속에 있는 두 번째 메모를 발견했다.

2) 친구들, 거실을 한번 봐줄래? 어제 너희가 치우지 않은 책들이 쌓인 소파가

무겁다고 이야기를 하고 있어. 책부터 정리해 주면 좋을 것 같아. 그리고 엄마 아빠 책장에서 제목에 '다락방'이 들어가 있는 책 속에 숨겨진 메모를 찾아줘! 정리하지 않고, 메모부터 먼저 찾는 건, 반칙이야! 알지?

소파와 거실에 정리되지 않은 책들을 정리한 아이들은 엄마 아빠 책장에 있는 『꿈꾸는 다락방』이라는 책 속에서 메모를 찾았다.

3) 정리가 다 되었다면, 이번에 숨겨진 메모는 바로 우리 집에서 가장 발이 큰 사람이 메고 다니는 가방 앞주머니에 숨겨두었어.

아이들은 부랴부랴 아빠의 가방을 뒤적거려 찾은 메모를 읽기 시작했다.

4) 안녕! 나는 너희들이 찾은 가방이 있는 방 어딘가에 있어. 나는 숫자를 엄청 잘 세. 그리고 무게도 엄청 잘 버텨. 너희 아빠가 올라가도 나는 끄떡없어. 너희가 몇 킬로 나가는지도 나는 다 알 수 있어. 나는 누굴까?

아빠 가방이 있던 옷방 한구석에 조용히 있는 체중계 아래 숨겨진 메모를 아이들은 용케도 찾아냈다.

5) 나를 찾아냈다니 대단한걸? 그럼 내가 수수께끼를 한번 내볼게. 맞혀봐! 조

금 어려울 수 있지만, 맞힐 수 있을 거라고 생각해! 하루 세 번 하얀 크림을 바르고 동굴로 들어가서 자기 몸을 하얀 벽에 마구 비비는 아이는 누구일까? (조금 어렵다면, 욕실로 가면 힌트를 얻을 수 있을 거야)

첫째가 빠져 있는 수수께끼 문제로 내 나름대로 머리를 써서 만들었다. 아이들도 어려운지 머리를 긁적이다가 욕실로 향했다. 갑자기 들리는 환호 소리! "칫솔이었어!"

6) 안녕! 나는 매일 아침 너희들 입속으로 들어가 내 몸을 비비면서, 너희 입속의 세균들을 청소해 주는 칫솔이야! 만나서 반가워! 이다음 친구를 소개할게! 이 친구는 색깔이 아주 많아. 길쭉하게 하나씩 되어 있고, 항상 서 있을 수밖에 없어. 하지만 옹기종기 모여 있어서 외롭지 않아.

색깔이 많다면, 색연필이라면서 책상 위의 연필꽂이에 꽂힌 색연필로 달려간 아이들은 다음 메모를 찾아 읽었다.

7) 이제 마지막 메모를 찾을 차례야! 메모는 전기를 먹고 사는 곳에 들어가 있어. 여기는 집에서 가장 차갑고, 액체를 고체로 만들 수 있는 공간도 있어! 여기에 가면 아마 맛있는 것들이 아주 많이 있을 거야.

배가 고파진 아이들은 바로 냉장고로 향했다. 냉장고에는 어제 내가 미리 준비해 둔 바나나와 샌드위치가 있었다.

8) 배고팠지? 맛있게 먹고, 다 먹었는데도 엄마가 아직도 자고 있다면, 시계가 9:30 될 때까지 책 읽으면서 기다려줄래? 그렇다면, 미션 성공! 헤헤 엄마 조금만 잘게. 이따 깨워줘. 사랑해!

늦잠을 자보려고 시작한 게임이었지만, 아이들이 이 게임에 빠져 있는 모습을 보고 있으면 잠을 잘 수가 없었다. 둘이 꼼냥꼼냥거리며, 골똘히 문제를 푸는 소리에 나도 모르게 귀가 쫑긋 열렸다. 약속 시간보다 빨리 일어난 엄마에게 빨리 더 누워 있으라고 말하는 아이들이었다. 나는 소파에 누워 준비해 둔 음식을 먹으며 수다 떠는 아이들의 이야기를 몰래 엿듣곤 했다. 게임은 처음에 쉬운 단계로 최대 20개의 메모를 준비했다. "우리 집에서 양말이 제일 많은 통에 가볼래?", "우리 집에서 가장 발이 큰 사람 베개 밑에 있어." 이런 식으로 직접적으로 알려주었다. 이렇게 쉽게 진행하다 나중에는 점점 응용하면서, 가끔 수건 개기, 정리정돈 같은 가벼운 집안일들을 함께 미션으로 주기도 했다. 조금 더 자고, 집안일도 나누고, 그런데 아이들은 즐거운 게임이라고 생각하니, 일석삼조가 아닌가 싶다.

그밖에 집에서 활용할 수 있는 놀이

– 방문에 실을 묶어 과자를 높게 매달아 점프해서 과자 잡기

– 하트 포스트잇을 거실 곳곳에 숨기고 보물찾기

– 페트병 모아서 볼링 게임 하기

– 풍선에 바람을 넣은 다음 그대로 놓아서 누가 멀리 날아가는지 시합하기

– 둥글게 말린 양말 상자에 누가 많이 넣는지 게임 하기

– 계란 껍질 모아 계란 깨기 놀이하기

– 크고 얇은 이불을 배로 만들어서 아이들 태우고 끌고 다니기

– 물놀이처럼 자기 인형 스스로 손빨래하기

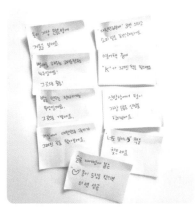

포스트잇으로 시작했던 미션게임

단계가 점점 높아지는 미션게임

2.

독특한 테마로
여행하기

1

봄, 이만큼 여행하기 좋은 계절은 없다

새해가 지나고, 3월이 되면 새 학기와 함께 봄이 다가온다. 새싹들이 피어나면 어김없이 내 마음에도 봄바람이 살랑 분다. 시작이라는 말과 함께 나를 설레게 하는 단어는 여행이 아니던가. 언제나 그랬듯 유치원 연간 계획표를 보며 올해 쉬는 날부터 체크해 보는 독박육아 엄마다. 아이들 쉬는 날에 맞춰 여행 준비를 계획해 본다.

봄은 SNS에서 꽃구경하기 좋은 명소들이 물밀듯이 올라오는 계절이다. 하지만 봄만큼 여기저기 꽃이 활짝 핀 계절 또한 없기에 굳이 명소를 찾아다니지 않는다. 아이들과 동네 뒷산, 공원에 가도 충분히 많은 꽃들을 볼수 있기 때문이다. 그래서 봄에는 하원한 아이들과 동네 뒷산이나 공원으로 일부러 과일 도시락을 싸 들고 짧은 나들이를 떠난다. 꽃만 보면 옆에 앉아 사진을 요청하는 둘째 때문에 시간은 더 빠르게 흐른다. 그래도 봄에 유일하게 챙겨 가는 명소가 있다면, 벚꽃 피는 시기에 아는 사람들만 가는 동네 벚꽃 명소다. 꽃에 전혀 관심 없는 무뚝뚝한 첫째가 세 살 때 처음 벚꽃을 보고 "엄마 눈이 하늘에서 내려와요! 눈꽃이에요!"라고 말한 이후로 동네에서 눈꽃이 내리는 날에는 아이들과 벚꽃을 보러 나간다. 저녁을 먹고 한참 달릴 수 있는 자전거도로가 있는 벚꽃 길을 킥보드 타고 한 정거장 정도를 함께 다녀온다. 집으로 돌아오는 길에 아이스크림 하나씩 입에 물고 돌아오면, 그 어떤 벚꽃축제 부럽지 않다. 날이 너무 좋아 그냥 집에 있기엔 아쉬운 날들이 이어지는 계절, 그것이 바로 봄이다. 주말마다 어디라도 가야 할 것 같은 날씨에 내 마음은 분주하다.

그날도 어김없이 토요일 저녁 일이 끝난 남편과 함께 날이 좋아 급하게 여행길에 올랐다. 우리 가족은 여름이 아닌 봄의 바다를 더 좋아한다. 분주하고 바쁜 여름 바다보다 조금은 여유로운 봄의 바다, 가면서 부랴부랴 숙소를 검색했다. 대부분 아이 둘을 혼자 데리고 여행을 다니지만, 남편과 함께하는 여행에선 남편이 운전을 해주니 이런 즉흥적인 여행도 여행의 또 다른 재미다. 봄이라고 하기엔 더워서일까? 아니면 토요일 저녁이라서일까? 이미 숙박 플랫폼에 있는 방들은 잠만 자기엔 터무니없이 비싸거나 이미 만실이었다. 그렇다면 숙박 플랫폼에 없는 곳들에 일일이 전화를 돌리는 수밖에 없었다. 강원도로 가는 내내 여러 숙박업소에 전화를 돌렸다. 그중 바닷가와 조금 떨어진 곳에 위치한 어느 민박집에 작은방 하나가 남아 있다고 했다. 나는 아이가 있어 방과 침구만 깨끗하면 된다고 하니, 그건 걱정하지 말라고 해서 우리는 바로 그곳으로 출동했다. 밤 12시가 다 되어서 도착한 민박집은 조용했고, 친절한 사장님이 나와 맞이해 주셨다. 가정집을 개조해 만든 민박집은 2층 건물로 1층은 사장님이 사용하고, 2층은 방마다 쪼개어 민박집으로 운영하고 있었다. 공용 주방과 화장실에 다소 당황스러워 실소가 나왔지만, 어차피 잠만 잘 숙소니까 하면서 안내받은 방으로 들어섰다. 우리 집 퀸사이즈 침대 2개를 붙여놓은 패밀리 침대만 한 사이즈의 방이 보였다. 있는 거라곤 오래된 나무 옷걸이 하나와 벽에 붙은 작은 모니터 같은 텔레비전, 시골 할머니 집에 있을 법한 이불 3개가 전부였다. 이런 민박집이 아직도 있다는 사실에 놀라면서도 남편과 웃음이 났다.

우선 자는 아이들을 눕히고 잠이 들었다. 다음 날 아침의 풍경은 더 재밌었다. 네 식구가 옹기종기 자고 일어난 방은 단칸방과 같았다. 아이들은 다른 집에서 일어나서 밤새 순간 이동을 한 것처럼 신기해했다. 아침에 일어나면 항상 배고파하는 아이들을 위해 혹시 몰라 아이스박스에 챙겨온 바나나와 우유로 대충 배를 채웠다. 무슨 아침 드라마에 나오는 단칸방 사는 가족 같아서 계속 웃음이 났다. 그리고 여행 첫째 날 아침은 언제나 그랬듯 국밥으로 하루를 시작했다. 그리고 20~30분을 달려 바닷가에 자리를 잡았다. 아이들은 모래 놀이를 시작하고, 남편과 나는 편의점에서 사

온 커피 한잔 마시며 여유로운 시간을 보냈다.

봄은 언제나 그랬듯 여행하기 참 좋은 계절이다. 그 어떤 주제를 가지고 떠나기만 해도 추억이 되는 계절이라, 매년 봄이면 산이든 바다든 어디로든 떠나게 되는 것 같다. 분주한 여름철보다 조금 여유롭고 한가한 마음을 가지고 떠나는 계절, 그래서 그저 집을 나선다.

─── 함께 보면 좋은 꿀팁 ───

봄에 여행하기 좋은 핑곗거리
- 꽃구경하러 여행을 떠나요.
- 새 학기가 시작되기 전에 아이와 새로운 시작을 위해 여행을 떠나요.
- 어린이날 연휴는 아이와 여행을 떠나기에 딱 좋은 이유가 돼요.
- 워터파크와 함께 있는 리조트는 봄에 얼리버드 특가가 많이 떠서 여행하기 좋아요.

여름, 바다는 욕심내지 않는다

아이들이 유치원을 다니기 시작한 뒤로 일주일의 방학이 생겼다. 원래도 여름철에 휴가를 떠나지 않는 스타일이라서 여름방학 일주일을 어떻게 보내야 할지 고민이었다. 사람 많고, 차 막히는 여름 바다는 일찍이 포기하고 바다가 아닌 지역으로 욕심을 부렸다. 일을 하는 남편은 제외하고, 아이들과 셋이 떠나는 여행의 주인공은 단연 아이들이었다. 아이들이 좋아하고 재밌어할 만한 코스들로 방학을 즐겁게 만들어주고 싶었다.

어디를 갈지 지도부터 살펴보았다. 아이들과 갈 만한 곳들을 지역과 상관없이 여기저기 즐겨찾기를 해놓았던 덕분에 지역은 생각보다 빠르게 정할 수 있었다. 서울에서 대체로 2시간 내외 거리에 바닷가 근처는 피하고 내륙 쪽으로 알아보니 충청도가 괜찮겠다고 판단했다. 그리고 여름 바다는 포기하지만, 물놀이는 포기할 수 없기에 물놀이터나 수영장이 있는 곳으로 알아보았다. 워터파크는 첫째가 48개월 이상으로 함께 여자 탈의실에 들어갈 수 없기에 제외하고, 대체로 물놀이터나 물놀이장은 지역마다 하나씩은 갖추고 있어서 찾는 건 어렵지 않았다. 그리고 아이들이 좋아할 만한 체험 활동이 있고, 실내 활동이 가능한 곳으로 알아보았다. 체험 활동 중 예약할 수 있는 건 미리 예약하고, 그다음 근처에 숙소와 식당들을 알아보면, 여행 준비 끝이다.

처음 혼자서 아이 둘을 데리고 2박 3일 여행을 떠날 계획을 했을 때는 사실 오기가 좀 있었다. 직업 특성상 공휴일, 연휴, 토요일까지 일하는 남편으로 인해 연휴나 방학에도 언제나 독박육아였다. 그래서 '그래, 내가 얼마나 아이들이랑 재밌게 놀러 다니는지 보여주지!'라는 심정으로 여행을 계획했다. 하지만 막상 여행이 다가올수록 숙박에 대한 두려움이 조금 있었다. 혼자 아이 둘을 데리고 과연 낯선 곳에서 자도 될까, 혹여나 무슨 일이 생기면 어쩌지 하는 걱정 때문이었다. 과거에 혼자 여행을 다닐 땐 어차피 나 하나만 챙기면 되는 일이었다. 하지만 혼자 아이 둘을 데리고 하는 여행은 어떠한 일이 있어도 내가 아이 둘의 몫까지 책임져야 하는 보호자였기 때문에 긴장이 되었다. 일부러 숙소는 더 신경 써서 리뷰도 체크하고, 별점이 높은 곳으로 예약했다. 하지만 걱정은 쉽게 사라지지 않았다. 아마도 그건 아직 부딪혀 보지 않아 생기는 두려움이었던 것 같다.

그렇게 호기롭게 떠난 첫 여행은 출근하는 남편보다 더 일찍 새벽녘에 출발했다. 긴장한 탓에 잠을 설쳤지만, 차 막히는 시간을 피해 출발해야 아이들이 덜 피곤할 것 같았다. 하지만 연휴인 만큼 차가 많이 막혔다. 거기에 뒤에서 아이들은 쿨쿨 잠들어 있으니 나조차도 지루함에 눈이 감겼다. 졸음운전을 할 것 같아 몇 번이나 허벅지를 꼬집었다. 드디어 오픈 시간 9시에 딱 맞춰 청주랜드에 도착했다. 도착하자마자 차에서 아이들과 함께 집에서 싸 온 도시락으로 간단하게 아침을 해결했다. 그리고 청주랜드 기후변화체험교육관을 시작으로 놀이기구, 어린이체험관, 동물원까지 많은 것들을 한곳에서 즐겼다. 차로 더 이상 이동하지 않고, 몇 시간을 그곳에서 놀았다. 점심은 근처에 가까운 한식 뷔페에서 먹었다. 남이 해주는 밥은 역시 맛있었다. 아이들과 이것저것 다양한 음식들을 마음껏 먹었다. 만 원의 행복이었다. 그 후에 청주박물관 그늘에 차를 세우고 아이들과 잠깐 쉬었다가 예약 시간에 맞춰 어린이박물관과 어린이체험관을 누비며 놀았다. 이른 저녁을 먹고, 숙소로 이동했다. 둘째 날은 공룡월드와 충청북도 자연과학교육원을 다녀왔고, 마지막 날은 평소에 가보고 싶었던 충북 음성에 있는 오감만족 새싹체험장과 변기 카페로 유명한 라바크로 카페를 들른 후 집으로 돌아왔다. 아이들이 좋아할 것 같은 곳들만 다녀왔기에 아이들의 만족도는 매우 높았다. 호기로움이 두려움을 이긴 첫 여행이었다.

그 후로 나는 연휴나 방학이면, 일하는 남편에게는 조금 미안하지만, 아이들과 여행을 떠났다. 혼자 아이 둘을 데리고 여행하면서 생긴 몇 가지의 규칙들이 있다. 우선 늦은 시간에는 돌아다니지 않는 게 나의 안전 여행 방법 중 하나였다. 그리고 숙소는 일부러 욕조가 있는 곳으로 잡았다. 그 이유는 하루 종일 이동하고, 신체 활동도 많이 한 아이들을 위해서였다. 욕조에 따뜻한 물을 받고, 트렁크에 있던 물놀이 장난감까지 넣어주면 하루를 마무리하기 딱 좋은 코스가 완성되었다. 어차피 저녁에 돌아다니지 않으니 아이들은 물놀이하며 시간을 보냈다. 욕조는 집에서 가져온 일회용 타월과 세제로 깨끗이 닦은 후 사용했다. 물놀이 겸 반신욕을 하고 난 후 자기 전에 아빠와 영상통화까지 하고 나면 아이들의 일과가 끝났다. 혼자 운전하고, 다음 일정을 알아보고, 아이들을 챙기느라 하루하루가 분주하게 지나갔다. 하지만 아이들은 아이들 나름대로 엄마가 혼자이기 때문에 서로를 챙기고, 엄마를 도와주며 조금씩 또 성장했다. 내가 방학을 그 저 그냥 보낼 수 없는 이유 중 하나는 매일 조금씩 크는 아이들과 시간을 그냥 흘려보내듯 하고 싶지 않기 때문이다.

함께 보면 좋은 꿀팁

여름에 가기 좋은 2박 3일 충청도 여행 추천 코스!

– 증평 : 별천지숲인성학교/ 증평 자전거공원/ 증평 민속체험박물관/ 보강천미루나무숲/ 벨포레리조트

– 충주 : 충주 탄금공원 물놀이터/ 라바랜드/ 충추 기상과학관/ 곤충박물관/ 활옥동굴/ 유기농체험교육센터/ 수안보온천/ 고구려천문과학관/ 오대호아트팩토리/ 코치빌더(자동차 카페)

– 천안 : 뚜쥬르빵돌가마마을/ 충청남도 안전체험관/ 물놀이터 공원/ 타운홀전망대/ 홍대용과학관/ 꿈누리터 어린이체험 흥놀이터

– 대전 : 목재문화체험관/ 곤충생태관/ 나무상상놀이터/ 대전 국립중앙과학관/ 꿈아띠체험관/ 옛터민속박물관/ 대전 아쿠아리움/ 대전 오월드

– 서산 : 버드랜드/ 서해미술관/ 서산 류방택청문기상과학관/ 토성산 맹꽁이 작은도서관/ 서산 동부전통시장/ 중리 어촌체험마을/ 왕산 어촌체험마을/ 해미읍성

– 청주 : 충청북도 자연과학교육원/ 청주 공룡월드/ 청주박물관/ 청주랜드/ 청석굴

여름철 만날 수 있는 분수

여행지에서 만나는 물놀이

3

가을, 축제를 즐기기에 딱 좋은 계절

    선선한 바람과 따뜻한 햇살이 어우러진 가을이었다. 이렇게 날이 좋은 날이 연이어 계속되면 오히려 미리 일정을 잡지 않는다. 왜냐하면 어디를 가든 날씨가 이미 한몫해 주기 때문에, 대문을 나서기만 해도 발길 닿는 대로 여행이 되는 계절이었다. 그날도 어김없이 햇살은 따뜻했고, 선선한 바람이 나의 발걸음을 밖으로 이끌었다. 어디를 갈지 고민하다 킥보드를 타고 싶다는 아이들과 함께 공원으로 향했다. 아무 계획 없이 집을 나서는 바람에 도시락도 챙기지 못했다. 그래서 오랜만에 근처 패스트푸드점에서 장난감이 포함된 어린이 햄버거 세트와 커피를 구입했다. 공원에 있는 나무 벤치에 앉아 햄버거를 먹는 아이들 옆에서 감자튀김을 야금야금 뺏어먹었다. 햄버거를 다 먹었을 때쯤, 바람을 타고 어디선가 음악 소리가 들려왔다. 킥보드를 탄 아이들 뒤를 따라 음악 소리가 있는 곳으로 향했다. 주말 가을 축제 기간이라 시간대별로 공연을 하고 있었다. 나도 모르게 공연을 등지고 다른 곳으로 발걸음을 옮기려 했다. 첫째가 내 옷깃을 붙잡으며 말했다. "엄마, 이거 보다가 가면 안 돼?" 그때 당시에는 아이들이 길거리 공연을 접한 적이 없었기 때문에 볼 수 있다는 생각을 못 할 때였다. 나는 놀란 표정을 감추고 "그럼 되지! 엄마가 생각이 짧았네!" 우리는 바닥에 나누어준 팸플릿을 깔고 자리를 잡았다. 서양 악기와 사물놀이의 콜라보 공연이었다. 아이는 어린이집에서 배운 장구 꽹과리를 가리키며 자기가 아는 악기라고 반가워했고, 태평소를 보면서 "저건 피리인가….'라고 말하며 갸우뚱거렸다. 꽹과리를 치며 상투를 돌리는 모습에 흥이 절로 났다. 오랜만에 눈과 귀가 호강하는 기분이 들었다. 공연에 푹 빠진 아이들을 보니 그동안 내가 얼마나 이런 문화생활을 등지고 지냈는지 느껴졌다.

바쁜 직장인으로 살기 전에는 영화 동호회 카페 활동도 하고, 연극과 전시회도 찾아다니면서 볼 정도로 좋아했었다. 길거리에서 버스킹하는 사람들을 보면 쉽게 지나치지 못하고 한참을 구경하다 박수로 보답하고 발걸음을 옮기곤 했다. 어쩌다 길거리에서 열리는 작은 공연조차 시간 낭비라 여기며 외면하고, 문화생활을 스스로 멀리하게 되었는지 잘 기억이 나질 않는다. 다만, 내 옷깃을 잡아준 첫째 덕분에 오랜만에 본 공연으로 내 마음은 두근두근 떨리고 있었다. 그날 이후부터 아이들과 축제에 가면 공연 시간표를 먼저 챙기고, 길을 걷다 들려오는 음악 소리에 이끌려 무작정 공연이 열리는 곳으로 발길을 옮기게 되었다.

한번은 가을의 자연을 느끼고자 충북 제천 의림지에 갔다. 미리 계획하지 않고 갔던 곳이라 어떤 곳인지, 어떤 행사를 하고 있는지 전혀 모르고 도착했다. 생각보다 주차장에 차들이 많았다. 어렵게 주차를 마치고 입구로 들어섰다. 알고 보니 우리가 방문한 날에는 농경문화축제가 열리고 있었다. 다양한 농기구 체험부터 솥에 지은 밥에 김도 싸서 나눠주고, 어린이들에게는 떡까지 선물로 주셔서 냉큼 받았다. 정신없이 축제 현장에서 사진도 찍고 전통놀이를 하며 시간을 보내고 있는데 귓가에 안내 방송이 들려왔다. "13시 30분부터 의림지 역사박물관 앞에서 줄타기 공연이 진행될 예정입니다." 줄타기 공연은 나조차도 태어나서 본 적이 없는 공연이었다. 설렘 가득한 표정을 지으며 아이들에게 "얘들아! 곧 줄타기 공연을 한대! 우리 보러 갈까?" 말했다. 내 말에 나처럼 신난 아이들 손을 잡고 공연하는 곳으로 향했다. 공연에 앞서 누빔 한복에 지게를 진 아저씨가 나와서 관객들의 호응을 유도했다. 아빠들이 나가서 가위바위보 게임도 하고, 엄마들이 나가서 댄스 타임도 진행하여 상품을 나누어주기도 했다. 아이들은 그런 엄마 아빠를 보며 웃음을 멈출 줄 몰랐다. 그렇게 야외 공연장의 열기는 무르익어 갔다. 줄타기 공연이 시작되었다. 생각보다 바람이 세게 불어서 한 걸음 한 걸음 위태롭게 외줄을 타는 줄타기 아저씨를 보며 우리는 서로의 손을 꽉 잡았다. 긴장감 넘치는 점프와 줄 위에서 뒷걸음질을 치는 모습에 연신 환호성이 터졌다. 태어나 처음 본 흥미진진한 줄타기 공연에 어느새 나도 흠뻑 빠져 있었다. 우리는 줄타기 공연을 보고, 축제의 다양한 체험 활동도 하고, 작은 놀이공원에서 놀이기구도 탔다. 가을의 자연을 느끼고자 갔던 의림지였는데, 그날 우리는 축제를 제대로 즐기고 왔다.

가을에는 이곳저곳에서 다양한 축제들이 물밀듯 시작된다. 동네 공원에서 하는 작은 마을 축제부터 지역구와 단체에서 하는 축제와 행사까지 즐길 게 많은 계절이다. 단풍과 은행나무를 보는 것만으로도 이미 눈이 호강하지만, 이렇게 재밌는 축제와 함께하면 아이들과 더 풍요로운 시간을 보낼 수 있다.

함께 보면 좋은 꿀팁

가을 축제가 궁금하다면, 포털 사이트에 '가을 축제'라고 검색해 보세요. 지역별로 진행되는 축제들이 다양하게 나오는 걸 확인하실 수 있어요. 제가 알고 있는 가을 축제 키워드 중에는 '한글날, 추석, 단풍놀이, 불꽃축제'가 있습니다. 생각 외로 다양한 지역에서 많은 행사와 축제가 진행되니 한번 출동해 보세요.

4

겨울, 어린아이처럼 놀아보기

"밖에 눈 온다! 얼른 일어나봐~"

결혼하기 전 부모님과 함께 살았을 때 일이다. 전날 새벽까지 회식하고 돌아와 잠든 나를 흔들어 깨우는 엄마의 목소리였다. 속으로 '아 눈 오는데, 뭐 입고 출근하지.' 생각하며 창문으로 바깥 날씨 한번 봐주고 출근 준비를 위해 씻으러 발을 옮겼다. 참 낭만 같은 건 모르고, 현실 속에 치열하게 살았던 직장인이었다. 아기를 낳고도 육아에 치여 여전히 낭만 따위는 모른 채 살아갔다. 그러다 아이가 사물을 알고 보게 되면서, 나의 시선과 관점도 달라졌다. 첫눈이 오는 날 창문을 활짝 열고, "이게 눈이라는 거야! 눈~ 만져봐!" 하면서 엄마가 나에게 했던 것처럼 나도 아이에게 말을 걸고 있었다. 아이를 낳기 전에는 눈이 오는 날이면 무엇을 신을지, 무엇을 입을지 고민하곤 했다. 하지만 아이를 낳고 난 후부터는 달라졌다. "오, 오늘 눈사람 만들어야겠다! 오늘 썰매 태워줘야겠다!" 같은 생각이 들어 어린아이처럼 들뜨게 되었다. 아이에게 즐거운 추억을 만들어 줄 생각에 눈오는 날이 특별한 날로 바뀌었다.

첫째가 네 살, 둘째가 두 살이 되던 겨울날, 눈이 많이 내렸다. 집 앞에 눈을 쓸고 있으니 엄마가 하는 행동이 재밌어 보였는지, 첫째가 호기심에 함께 눈 치우는 플라스틱 삽을 잡아들고 눈을 쓸기 시작했다. 고사리 같은 손으로 자기 키보다 더 큰 삽을 들고, 눈을 쓸고 있으니, 앞집 아주머니들이 오고 가며 고놈 참 일 잘한다고 칭찬을 해주곤 했다. 아이들과 눈을 한 차례 쓸고, 모아둔 눈으로 눈사람도 만들고, 오리들도 만들었다. 아이들과 눈싸움하기에는 아직 어렸기에 털모자를 쓴 머리 위에 눈가루를 뿌리면서 눈놀이를 했다. 그리고 아무도 오고 가지 않은 지하 주차장 내리막을 썰매장 삼아 썰매를 탔다. 길이는 짧았지만, 추운 날씨에 물과 눈이 얼어붙은 지하 주차장 길은 제법 썰매장과 비슷했다. 한바탕 썰매도 타고, 눈과 함께 놀고 집에 들어와서 샤워를 했다. 샤워 후 아이와 꿀 탄 따뜻한 우유 한 잔씩 먹으면 '그래, 눈 오는 날은 이렇게 놀아야지.'라는 생각이 절로 들었다. 눈 오는 날은 마냥 귀찮고, 걱정스러운 날들이 많았는데, 아이와 함께 하니 놀거리가 생겼음에 즐거웠다. 지금 이사 온 집은 바로 위층이 옥상이라 눈 온 다음 날 아침이면, 쌓인 눈길을 우리가 제일 먼저 밟아볼 수 있다. 쌓인 눈으로 눈사람을 만들어 털모자도 씌워주고, 쌓인 눈에 누워 팔로 파닥파닥 천사도 만들 수 있다. 그 덕에 아이들은 눈 오는 날을 손꼽아

기다리곤 한다. "그래. 마음대로 눈을 내리게 할 수도 없는데, 눈이 오면 실컷 놀자!"

한때 SNS에서 포천 산정호수 오리썰매가 엄청 유명해진 적이 있었다. 저마다 오리썰매를 탄 영상과 이미지가 인스타그램에 올라왔고, 오픈런을 할 정도로 인기가 어마어마했다. 그 당시에는 둘째가 어리기도 하고, 혼자 어린아이 둘을 데리고 가기엔 무리일 것 같아 다음번에 기회가 되면 한번 가봐야겠다 생각했다. 그리고 1년 뒤, 인기가 주춤해진 틈을 타서 오리썰매 타러 출동했다. 아직 시즌 전이라 자동 오리썰매를 운영하지 않아서인지 제법 한가했다. 그래도 자전거로 직접 끄는 오리썰매는 운영해서 아이들을 오리에 태우고, 자전거 페달을 밟았다. 오리 무게에 아이들까지 무게가 꽤 나가서, 내가 과연 할 수 있을까 싶었지만, 생각보다 앞으로 쌩쌩 잘 달리니 내 마음까지 뻥 뚫린 기분이 들었다. 넓은 호숫가 빙판에 자연의 절경까지 그 풍경이 주는 경이로움은 말로 표현할 수가 없었다. 오리썰매 하나만 보고 간 내 마음이 부끄러웠다. 한쪽에 소복이 쌓인 눈으로 한바탕 눈놀이를 하는데, 아이들은 썰매를 탔을 때보다 더 즐거워했다. 빙판 썰매는 우리 아이들 취향은 아닌 것으로 판단하고, 근처에서 이른 저녁을 먹었다. 이대로 집에 가긴 아쉬운 마음이 들어 미리 알아봐 두었던 카페로 향했다. 카페를 이용하면 카페 뒤편에 마련된 작은 눈썰매장을 이용할 수 있어 빙판 썰매의 아쉬움을 달래기 위해서였다. 겨울이란 계절은 여름보다

해가 빨리 지기 때문에 이른 저녁 시간임에도 불구하고 날이 어두웠다. 그 덕에 카페 뒤편 썰매장은 꼭 숲속 작은 파티가 열릴 것 같은 조명들로 반짝였다. 주말 저녁이지만 애매한 시간대라서 우리 가족 외에 사람도 없어 그 분위기가 꽤 특별한 기분을 들게 했다. 아이들과 함께 플라스틱 썰매 하나씩을 끌고 오르막을 올라 눈썰매를 탔다. 생각보다 빠른 속도에 놀라 모두 토끼 눈이 되었다. 아이가 된 것처럼 마구 웃음이 나왔다. 아이들도 아까 빙판 썰매와 달리 격한 기쁨을 표현해 주며 여러 번 직접 썰매를 끌고 올라갔다 내려왔다 반복했다. 깔깔거리는 웃음소리가 그곳을 가득 메웠고, 겨울이라는 사실을 잊을 만큼 따뜻했다. 아마 아이들도 그 인기 많던 오리썰매보다 그냥 어느 카페 뒷산에서 엄마 아빠랑 흔하디흔한 썰매 타면서 깔깔 웃었던 추억을 더 기억할 것 같다.

함께 보면 좋은 꿀팁

겨울 여행으로 추천하는 당일치기 여행 코스가 있어요. 썰매를 타거나 겨울스포츠를 즐기고, 집으로 오기 전에 찜질방 데이트를 하는 건 목욕탕과 찜질방을 별로 안 좋아하지만, 아이들과 한번 찜질방을 다녀온 뒤로 너무 좋아해서 겨울 여행 코스 중 하나가 되었어요. 특히 요즘에는 찜질방에 북카페, 오락실, 노래방, 실내 놀이터까지 있고, 고기 구워주는 곳부터 치맥을 먹을 수 있는 곳도 있어서 여행 코스로도 재밌게 즐길 수 있어요.

카페 뒷산에서 탔던 썰매

우리 집 옥상이 눈 놀이터

유명했던 오리썰매

집 앞 눈 쓸기

5

어린이날, 오늘은 너희가 주인공!

아이가 어린이날을 알기 전에는 굳이 어린이날을 챙기지 않는 무심한 엄마였다. 남편은 출근했고, 아이들과 셋이 유유히 흘러가는 시간을 굳이 붙잡지 않았다. 그저 온 집 안을 굴러다니며 보냈다. 그러다 첫째가 어린이집에서 어린이날이 무엇인지 배우고 왔다. 그리고 둘째도 걸음마를 하게 되면서 어린이날을 그냥 보내서는 안 되겠다는 생각이 들었다. 할아버지, 할머니가 사주는 어린이날 선물도 값지지만, 물질적인 것보다 좋은 추억으로 선물해 주고 싶은 욕심이 있었다.

동네 이곳저곳에 붙은 어린이날 행사에 대한 현수막이 눈에 들어왔다. 그전 어린이날에도 항상 있던 현수막이었는데, 한 번도 '가야지.'라는 생각을 한 적이 없었다. 사람 많고, 북적거리는 공간에 혼자 아이 둘을 과연 챙길 수 있을까 하는 두려움이 앞섰기 때문이었다. 하지만 이제 어린이날은 자신이 주인공이라는 걸 알게 된 첫째를 위해서라도 즐거운 추억을 만들어 주고 싶었다. 두 개의 지역구에서 합동으로 진행된 어린이날 행사는 규모도 크고, 홍보도 많이 한 터라 오픈런하는 게 좋겠다고 판단했다. 이른 아침 혼자 분주하게 짐을 챙겼다. 야외와 실내로 구분되어 있던 행사장이라 햇빛 가리개 모자와 선크림, 가벼운 외투, 기다리면서 먹을 소소한 간식거리와 물을 챙겨 어린이날 행사장으로 향했다. 오픈이 30분도 더 남았는데 긴 줄이 우리를 기다리고 있었다. 코로나 이후 2년 만에 여는 행사라 사람이 많이 몰렸다. 많은 인파 속 정신없고 복잡한 행사장 로비를 걸으며 두 아이 손을 불끈 잡았다. 입장 확인을 받고 행사장으로 들어섰다. 아이들에게 "1층은 너무 복잡하니 꼭대기부터 돌자."라고 말했다. 처음 와보는 곳이라 어디 있는지 모르는 엘리베이터를 급히 찾아 탔다. 아이들과 4층 야외로 나가니 이미 그곳은 "오늘은 어린이날~" 노래가 울려 퍼지면서 축제 분위기로 가득했다. 신난 아이들은 "엄마 여기 가자! 엄마 저기 가자!" 뜰 든 마음에 쉼 없이 말을 내뱉었다. 너무 좋아 감출 수 없는 마음이 얼굴과 행동에 그대로 나타났다. 줄 서서 솜사탕도 먹고, 에어바운스와 바이킹도 타고, 다양한 놀이기구들을 즐겼다. 실내로 들어가 페이스페인팅도 하고, RC카도 여러 번 하고, 보드게임과 미니 범퍼카 등 5시간을 원 없이 놀았다. 이렇게 시간이 잘 갈 수 있나 싶었다. 들뜬 마음처럼 함께 들떠 버린 아이들의 발걸음은 가벼웠고, 즐거워하는 아이들을 보는 내 마음은 참 뿌듯했다.

그날을 계기로 어린이날을 허투루 보내고 싶지 않았다. 연휴가 긴 어린이날에는 혼자 아이 둘을 데리고 여행을 떠났다. 어린이날 연휴 함께 떠나는 여행이다 보니 아이들이 주인공이기에 모든 코스를 아이들이 좋아할 만한 곳들로 정했다. 놀이 코스는 기본이고, 물놀이디, 자동차 가페, 숲에서 하는 미술 체험 수업 등 모두 아이들 취향에 맞는 코스들로 준비했다. 물질적으로 장난감을 사줘도 되지만, 아이들에게 그보다 더 재밌는 경험을 시켜주고 싶은 나의 욕심이 컸다. 그리고 그 당시에는 장난감을 골라도 몇 분 놀다 쉽게 흥미를 잃었기 때문에 엄마로서 더 탁월한 선택을 했던 것 같다. 물론, 이제는 아이 둘 다 자기 의견도 생겼기 때문에 어린이날에 원하는 장난감을 얻을 것인지, 여행을 갈 것인지 아이들과 의논한다. 어린이날 연휴가 길지 않으면 집에서 보내지만, 연휴가 길다 싶으면 다른 지역으로 여행을 떠났다. 그래서 알게 된 사실인데, 어느 지역을 가도 어린이날 관련된 축제나 행사가 있었다. 어린이날 앞뒤로는 아이들이 좋아할 만한 곳들을 여행하고, 어린이날 당일에는 축제하는 곳에 가서 시간을 보냈다. 어린이가 주인공인 날인 만큼 지역 어느 행사장을 들어가도 격한 환영과 즐거운 놀이 세상이 존재했다. 솜사탕은 언제나 덤으로 함께했다. 그래서인지 어린이날 추억은 항상 더할 나위 없이 아이들에게 달콤한 추억으로 남아 있다.

어린이날, 아이가 원했던 선물이 정말 아이에게 필요한 선물이라고 판단했을 경우에는 여행지에서 다양한 게임을 통해 선물을 주었습니다. 특정 지역을 방문하는 스탬프 투어, 숲속 보물찾기, 안 해본 것들에 도전하기 같은 게임 요소들을 미리 만들어 가서 아이와 함께했어요. 엄마가 미리 여행 전에 만들어야 하는 수고로움이 있긴 하지만, 어린이날에 재밌는 게임과 함께 받는 선물은 더 재밌는 추억을 만들어 주었어요.

동네 어린이날 행사장

서산 어린이날 행사장 솜사탕

6

한글날, 더 알차게 보내는 법

차를 타고 광화문광장을 지나던 길에 첫째가 "엄마, 저 사람이 세종대왕이야?"라고 말했다. 가르쳐준 적도 없는 세종대왕을 어떻게 알았나 했더니 유치원에서 저 모습 그대로 본 적이 있다고 말하는 아이에게 궁금증이 생겨 물었다. "세종대왕은 뭐 하시는 분인데?" 이미 정답을 알고 있다는 듯 자신감 넘치는 표정으로 "한글을 만든 사람이잖아."라고 대답했다. 나는 차에 항상 두고 다니는 만 원 지폐 한 장을 꺼내 여기에 그려진 분도 세종대왕이라고 알려주었다. 아이는 코웃음을 치며 이미 그 사실도 알고 있다는 듯 어깨를 으쓱거렸다. '자, 그럼 이제 한글날도 그냥 지나칠 수 없지.' 아이와 한글날 어디를 가면 좋을지 설레는 마음으로 생각했다.

첫째는 돌이 지나고부터 지나가던 버스에 그려진 번호에 대한 궁금증을 가졌다. 그리고 알파벳과 한글까지 문자에 대한 관심이 많았다. 그래서 문자를 좋아하는 아이와 가볼 만한 곳을 찾다가 알게 된 곳이 바로 한글박물관 안에 위치한 한글 놀이터였다. 들어가는 입구부터 동화 속에 온 것 같은 핑크색 배경의 한글 놀이터는 아이들의 시선을 잡아당기기에 충분했다. 거기에 자음, 모음을 찾아야 하는 미로 게임과 나무토막으로 만드는 이름, 디지털 간판 만들기 등 네 살, 두 살 아이와 함께하기 좋았다. 아이가 좋아하는 만큼 갈 수 있을 때마다 예약해서 방문했다. 하지만 한글을 제대로 알게 된 다섯 살 첫째에게 그곳은 이제 시시한 놀이터에 불과했다. 그래서 잠시 한글박물관을 잊고 지냈는데, 한글날을 알게 된 이상 한글박물관은 빠질 수 없는 선택 사항이었다. 한글날에 열리는 한글박물관 행사에 참석하기 위해 짐을 챙겼다. 주차장이 협소하기 때문에 지하철을 이용하기로 했다. 많이 걸을 아이들을 위해 시원한 물과 대중교통에서도 먹을 수 있는 간단한 간식들, 그리고 혹시 몰라 여분의 에코백도 함께 챙겼다. 에코백은 체험 활동으로 인해 생기는 여러 가지 짐들이 많아지면, 혼자 아이 둘을 챙기기 번거롭기 때문에 손을 자유롭게 놀리려면 꼭 필요한 필수 아이템이었다.

한글박물관이 있는 이촌역에 도착했다. 내리는 사람들 모두 박물관으로 향하는 것처럼 발길 닿는 곳이 같았다. 지도상에서는 역에서도 거리가 조금 있다고 생각했는데, 지하철역과 박물관을 이어주는 길에서부터 한글날 행사를 하고 있었다. 아이들과 이동하면서 압화 책갈피 만들기, 한글 윷놀이, 그립톡 만들기, 한글 사진, 네일아트 등 어린아이들이 참여할 수 있는 체험 활동을 즐겼다. 그리고 책 벼룩시장에서 아이들이 고른 동화책도 구매했다. 역시 에코백을 챙기길 잘했다 싶었다. 중간에 국악 공연을 보는데 문득 한글 놀이터가 생각나 아이들에게 가고 싶은지 물었다. 오래 안 가서인지 가고 싶다는 아이들의 의견을 듣고, 한글 놀이터 현장 예약을 위해 발걸음을 옮겼다. 다행히 마지막 시간대 자리가 있어 예약을 했다. 그리고 아이들과 다 보지 못한 공연도 보고, 한글박물관 상설전시도 구경하며 시간을 보냈다. 한글날에 대해 어렵게 역사를 알려주는 것도 좋지만, 다양한 방법으로 한글을 접하게 해주고 싶었기에 한글날 나의 선택은 탁월했다고 생각했다.

2023년 한글날은 주말과 함께 연휴가 길었다. 하루는 한글박물관에서 보내고 나머지는 어디서 보내는 게 좋을까 생각했다. 그리고 첫째가 직접 세종대왕을 알아보았던 바로 그곳 광화문광장에서 주말을 보내기로 했다. 광화문광장 분수대는 가끔 아이들이 물놀이를 했던 곳이었다. 그래서 왠지 날이 쌀쌀해도 아이들이 물에 젖을 것 같았다. 혹시 모를 사태에 대비해 여벌 옷과 수건 한 장을 챙겨 백팩에 넣고 아이들 먹을 과일과 샌드위치를 챙겼다. 광화문은 먹을 곳이 많긴 하지만 물놀이하는 아이들을 데리고 어디 들어가서 먹을 수 없었다. 그리고 또 분수대에 어린아이들만 두고 사러 갈 수도 없기 때문에 대체로 간식을 두둑히 챙겨 갔다. 어차피 공원 벤치 조성이 잘 되어 있어 도심 속 피크닉 분위기까지 덤으로 즐길 수 있다. 아이들과 버스를 타고 광화문에 도착했다. 이미 한글날을 기념하듯 많은 사람들이 세종대왕 앞에서 사진을 찍고 있었다. 서울시에서 한글날 기념행사도 진행하고 있었다. 도떼기시장 같은 행사장을 그냥 지나칠까 하다가 페이스페인팅에서 눈을 떼지 못하는 둘째를 위해 호기롭게 줄을 섰다. 생각보다 길어져서 아이들은 옆쪽에서 다른 체험들을 먼저 하기도 했다. 그렇게 팝아트와 페이스페인팅을 하고 세종 충무공이야기로 향했다. 세종대왕 뒤편에 숨겨진 문을 통해 지하로 들어가면 이순신 장군과 세종대왕에 대한 이야기가 가득한 '세종 충무공이야기'가 나온다. 아이들 눈높이에 맞춰진 세종대왕이 남기신 업적들을 함께 보면서 이야기를 나눴다. 그중에서도 세종대왕에게 궁금한 점을 질문하면, AI 세종대왕이 답해주는 체험이 있었다. 아이들의 순수한 질문에 주변 사람들은 웃음을 터뜨리기도 했다. 그리고 한쪽에서는 붓글씨 체험을 하고 있었다. 처음 만져보는 먹과 붓에 매료되어 자기 이름을 고심하며 한 글자 한 글자 써 내려갔다. 그 모습에서도 두 아이의 성격이 너무 다른 게 느껴져서 괜히 웃음이 났다. 아이들과 여러 가지 경험을 함께하다 보면, 내 아이임에도 잘 몰랐던 모습을 발견할 때가 있다. 겁이 많은 줄 알았던 아이가 자신감 있게 발표를 하거나, 조심스러운 성격이라 생각했던 아이가 거침없이 그림을 그리는 모습을 보곤 한다. 그럴 때마다 '내 아이지만 아직도 내가 모르는 부분들도 많구나.' 하고 놀라게 된다. 그리고 새로운 경험이 아이에게 어떤 자극이 되는지 이렇게 함께하지 않으면 알 수 없겠구나 생각이 들었다.

함께 보면 좋은 꿀팁

한글날에 가보면 좋을 곳

- 경복궁(집현전) : 훈민정음(한글)이 만들어진 곳

- 광화문 세종 충무공이야기 : 세종대왕 동상과 이야기가 있는 곳

- 용산 한글박물관 : 한글 놀이터와 한글에 대한 이야기가 있는 곳

- 동대문 세종대왕기념관 : 세종대왕의 업적과 유물을 보관하고 있는 곳

- 여주 세종대왕릉 : 세종대왕을 모신 곳

- 여주 한글시장 : 한글날이 되면 다양한 행사들이 열리는 곳

- 의왕 갈미한글공원 : 한글 조형물들이 있는 곳

한글 놀이터

한글날 행사

7

현충일과 광복절, 방문하기 좋은 곳

초등학교 때, 현충일과 광복절에 대한 이야기를 들으면 애국심이 솟아나 곤 했다. 마치 유관순 열사가 된 것처럼 나도 그렇게 나라를 위해 헌신할 수 있을 것이라 생각했다. 그 생각이 얼마나 오만하고 어리석었는지 나이가 들수록 더 크게 느껴졌다. 지키고 싶은 게 많을수록 가장 쉽게 놓지 못하는 것이 바로 나 자신이라는 걸 알았을 때, 그런 생각을 했던 나 자신이 부끄러웠다. 아이들에게 애국심까지는 아니더라도, 우리가 지금 이렇게 살아갈 수 있는 것이 나라를 위해 희생하신 분들 덕분이라는 걸 알려주고 싶었다.

"엄마, 현충일은 나라를 위해 돌아가신 분들을 추모하는 날이야!
그래서 태극기는 태극기 하나 아래 이렇게 달아야 돼."
이렇게 말하는 아이와 국립 서울현충원에 갈까 하다가 현충일 당일에는 사람이 많다는 이야기를 듣고, 용산 전쟁기념관으로 발길을 돌렸다. 용산 전쟁기념관 어린이박물관은 여러 차례 방문했었는데, 전쟁기념관을 둘러보기 위해 방문한 것은 처음이었다. 현충일 당일 사람이 많을 것 같아 부지런히 준비해서 아침 일찍 나왔다. 주차를 마치고, 어린이박물관 현장 예약부터 했다. 그리고 기념관 쪽으로 걸어가는데, 한국전쟁과 베트남전쟁에서 전사한 군인, 경찰, 유엔군 전사자들의 이름이 새겨진 전사자명비가 보였다. 사이렌이 울리고 추모 묵념이 시작되었다. 그런 상황을 처음 경험해보는 아이들에게 귓속말로 "나라를 위해 희생하신 분들을 위해 잠시 기도하는 거야."라고 말해주었다. 아이가 없을 땐 그저 공휴일이라 생각하며 관심도 없던 현충일이었는데 마음 한편이 숙연해졌다. 이 또한 아이가 없었다면 느끼지 못할 감정이었겠지. 묵념을 끝내고 전쟁기념관으로 들어섰다. 순간 "와!" 탄성이 나왔다. 들어서자마자 높은 천장에서 느껴지는 웅장함에 그동안 왜 어린이박물관만 다녔지 싶었다. 그리고 이렇게 좋은 곳이 있음에 감사했다. 전시관이 엄청 많았지만, 첫째가 좋아했던 곳은 바로 UN전시실이었다. 이전에 유치원에서 UN에 대해 배우면서 알게 된 UN 마크를 보자마자 반가워했다. 전시실 안에 보이는 많은 국기의 나라 이름들을 말하며 우리나라를 도와준 나라에 대해 함께 이야기를 나누었다. 국가의 부름을 받아 전쟁에 나가 목숨을 바친 분들이 많다는 사실은 알고 있었다. 하지만 이렇게 많은 나라에서 우리나라를 위해 싸우다 돌아가신 호국 영령들이 있다는 사실은 잘 몰랐다. 그동안 무관심했던 나 자신이 부끄럽게 느껴졌다. 아이와 함께하다 보면 잊고 지내오다 아차! 싶은 순간들이 참 많다.

"엄마, 옛날에 일본이 우리나라를 괴롭혔대! 나 이제 일본 싫어!"

아이의 말에 피식 웃음이 났다. 30년 전, 내가 엄마에게 했던 말과 토씨 하나 빠지지 않고 똑같이 말하는 첫째를 보면서 내 뱃속에서 나온 내 아들이 맞구나 싶었다. 그때 엄마는 그냥 웃고 넘어갔던 기억이 나는데, 나는 그러고 싶지 않았다. 역사를 왜곡할 순 없지만 어린 시절의 나처럼 일본에 반감을 가지고 살아갈 수 없다고 생각했다. 현재 일본과 우리나라 관계에 대해서 아이의 눈높이에서 맞춰 설명해 주었다. 그리고 현재 일본이 독도를 자기네 땅이라고 우기는 상황이지만, 일본인 모두가 그런 생각을 가지고 있는 것이 아니라고 말해주었다. 지금은 두 나라가 같은 아시아 국가로 교류하며, 서로 여행도 편하게 다닐 수 있다고 이야기했다. 과거에 몰입되어 아직 일본에 가보지 않은 여섯 살 아이에게 일본에 대한 편견을 줄 수 없다고 생각했기 때문이었다. 아이가 초등학교에 가게 되면 서대문형무소 역사관을 방문할 예정이다. 현재는 현재고, 과거의 역사는 알아야 하니까. 용산 전쟁기념관에서 [4]호국 영령들에 대해서 알았다면, 서대문형무소역사관에서 일제강점기에 나라를 위해 돌아가신 독립운동가, [5]순국선열에 대해서 이야기해 줄 예정이다.

---

4 호국 영령은 6·25전쟁에서 전사한 군인, 경찰 등 국가의 부름을 받고 나라를 지키기 위해 목숨 바친 분들을 의미한다.
5 순국선열은 일제강점기에 나라를 위해 항거한 독립운동가분들을 뜻한다. 1945년 8월 15일 광복의 날을 보지 못하고 돌아가신 분들로, 대표적으로 윤봉길, 안중근, 유관순 등이 있다.

현충일과 광복절에 가볼 만한 곳

– 용산 전쟁기념관 : 서울 용산구 이태원로 29

– 국립서울현충원 : 서울 동작구 현충로 210

– 서대문형무소역사관 : 서울 서대문구 통일로 251 서대문형무소역사관

– 국립대한민국임시정부기념관 : 서울 서대문구 통일로 279–24

– 안중근의사기념관 : 서울 중구 소월로 91

– 매헌윤봉길의사기념관 : 서울 서초구 매헌로 99 양재시민의숲

– 윤봉길의사기념관 : 충남 예산군 덕산면 덕산온천로 183–5

– 천안 독립기념관 : 충남 천안시 동남구 목천읍 독립기념관로 1 독립기념관

– 천안 유관순열사사적지 : 충남 천안시 동남구 병천면 유관순길 38 유관순열사유적지

– 화성3.1운동만세길 방문자센터 : 경기 화성시 우정읍 화수동길 163

– 화성 독립운동기념관 : 경기 화성시 제암고주로 34

현충일 행사 참여

용산 전쟁기념관

8

비 오는 날 일부러 비 맞기

하원하고 도서관을 갔다가 집으로 돌아가려는데 보슬보슬 이슬비가 내리기 시작했다. 아이들과 외출하면서 우산이 없었던 적은 한 번도 없었기에 당황스러웠지만 이 상황을 즐기기로 했다. "얘들아! 가방 머리 위로 올려! 오늘은 가방이 우산이야~" 아이들은 어깨에 메고 있던 유치원 가방을 서둘러 빼서 머리 위로 올렸다. 그러고선 서로를 보고 깔깔거리며 웃었다. 에코백을 머리에 쓴 엄마를 보고선 엄마 좀 보라고 둘이서 더 크게 웃기 시작했다. 엄마까지 머리 위로 가방을 올리고 걷는 모습이 아이들 눈에는 재밌던 모양이었다. 지나가는 사람들의 시선에도 아랑곳하지 않고 얇은 빗줄기를 가르며 집에 도착했다. 생김새는 비 맞은 생쥐 꼴이었지만, 아이들의 표정은 이미 무지개가 활짝 핀 듯했다.

이렇게 비를 언제 맞아봤더라. 초등학생 1학년 때쯤이었던 것 같다. 갑자기 내리는 소나기로 정문 앞에 많은 엄마들이 우산을 들고 서 있었다. 물론 일하는 우리 엄마는 오지 못할 것이라는 걸 나는 이미 알고 있었다. 우산을 빌려주겠다는 친구 엄마의 말에도 "괜찮아요! 금방 가요. 집에 가서 씻으면 돼요!" 하고 헤벌레 웃으며 그 자리를 피하기 위해 뛰었던 기억이 있다. 어느 정도 학교와 멀어지고 나서야 나는 천천히 걸었다. 하지만 물웅덩이가 보일 때마다 첨벙 하고 뛰었다. 어차피 젖은 거 다 적셔보자는 심정이었는지, 엄마에 대한 반항이었는지, 그때 내 마음은 나도 잘 모르겠다. 하지만 그때 추억이 스쳐 지나갔다. 참 다행이라고 생각했다. 아이의 첫 번째 비 맞은 추억이 나와 함께라서.

그래서인지 여름에 내리는 비 소식이 마냥 싫지 않았다. 더운 날씨와 동반한 비는 감기 걱정 없이 일부러 비를 맞아도 되는 계절이기 때문이었다. 비 오는 날에 숲과 나무가 있는 곳에서 나는 특유의 푸릇한 풀 냄새와 나무 향을 좋아하는데, 우리 동네에는 감사하게도 풀과 나무가 우거진 곳들이 많은 편이다. 아이와 비를 한번 맞아보고 나니, 일부러 비를 맞는 것도 나쁘지 않겠다는 생각이 들어 우비와 장화를 신고, 푸릇한 풀 내음을 찾아 여행을 떠나기도 했다. 가는 길에 운이 좋으면 지렁이도 만날 수 있었다. 원래 지렁이는 땅속에서 생활하지만, 비가 오면 지면 위에서 산소 부족이 해결되기 때문에 지렁이를 볼 수 있는 기회가 많다. 그리고 나뭇잎과 풀에 숨어 있는 무당벌레들과 숨바꼭질도 가능했다. 무당벌레들은 원래 비

오는 날 활동을 하지 않지만, 식물에 있는 작은 해충들을 사냥하다가 비가 오면 나뭇잎과 풀잎을 우산 삼아 숨어 있기도 했다. 아이와 보물찾기하듯 무당벌레를 찾다 보면, 어느새 푸릇한 풀 냄새가 콧등 앞에서 살랑거리고 있었다. 일부러 풀과 나뭇잎을 잡아 냄새를 맡아보아도 나지 않은 냄새는 비 오는 날 산책을 하다 보면, 자연스럽게 내 곁에 와 있었다. "얘들아! 지금 엄청 상쾌한 냄새 나지 않아? 엄마는 이 냄새가 너무 좋아! 비 오는 날 푸릇푸릇한 풀 냄새! 너희는 혹시 어떤 냄새가 나?" 하고 아이들에게 물어봤다. 첫째는 "엄마, 나는 엄청 시원한 냄새가 나!" 둘째는 "킁킁, 모래 냄새?" 각자 느끼는 냄새의 표현은 달랐다. 하지만 우리는 같은 공간에서 같은 냄새를 맡고 있었다. 언젠가는 이 아이들이 커서 이 비슷한 냄새를 맡았을 때, 일부러 비를 맞으며 걸었던 이 나무와 풀이 있는 산책길에 대한 추억을 회상해 주갈 소망해 본다.

함께 보면 좋은 꿀팁

비 오는 날, 한번 궁이나 능에 가보는 걸 추천합니다. 사람도 많지 않고, 우산 속에서 바라보는 궁의 모습은 마치 영화 속에 들어온 듯 고요하고 운치가 있어요. 가벼운 비라면 아이들이 우비를 입고 궁을 즐겨보는 것도 좋은 추억이 될 거예요. 생각보다 푸릇한 풀 냄새도 진하게 나고, 고요한 매력을 느낄 수 있어요. 비 오는 날뿐만 아니라, 눈 오는 날에도 꼭 한번 가보세요.

처음 비를 맞았던 날

숲에서 비 맞기

비 맞으러 출동하기

비를 맞을 수 있는 황순원 문학촌 소나기마을

9

전시회와 박람회, 볼거리가 가득해!

"이거 자동차 타봐도 돼요?"

남자아이들은 누가 알려주지 않아도 대체로 두 분류로 갈리는데, 공룡 덕후 아니면 자동차 덕후 둘 중 하나로 좋아하는 게 나누어진다. 가끔 둘 다 좋아하는 아이를 보긴 했지만, 우리 집 첫째는 집에 자동차가 200대가 넘을 만큼 자동차를 너무 애정하는 자동차 덕후였다. 그래서 자동차들이 전시되어 있는 카페나 박물관을 일부러 찾아다니기도 했다. 그러다 알게 된 모터쇼와 모빌리티쇼는 진짜 자동차들이 전시되어 있고, 새로운 자동차 모델들도 만나볼 수 있는 자동차박람회였다. 첫째뿐만 아니라 아빠도 너무 좋아할 만한 박람회여서 오랜만에 우리 가족이 모두 함께 출동했다. 부스별로 아이는 탑승이 안 되는 곳도 있지만, 보호자가 동반하면 대부분 탑승은 가능한 곳이었다. 아빠와 함께 첫째는 오토바이부터 전기 자동차, 경주용 자동차까지 눈 돌아가는 박람회에 눈을 떼지 못했다. 바퀴는 자동차의 다리이고, 엔진은 자동차의 심장이고, 핸들은 자동차의 뇌이며, 앞의 라이트는 눈이고, 자동차를 사람에 빗대어 하나씩 아이와 설명하면서 놀았다. 막상 박람회에 전시된 자동차들은 작품과도 같아서 화려한 조명 아래 있으니 길에 다니는 자동차보다 더 멋있어 보였다. 거기에 자기가 좋아하는 걸 마음껏 보고, 만질 수 있으니 아이의 눈은 더 반짝 빛났다. 역시 좋아하는 걸 보여주면 아이나 어른이나 두 눈 반짝이는 건 어쩔 수 없나 보다.

"오늘은 너희들이 좋아하는 캐릭터들이 모두 모인 곳으로 출동할 거야! 준비됐어?"

이제 제법 좋아하는 캐릭터가 뚜렷한 첫째와 둘째를 데리고 아침 일찍 전시회장으로 향했다. 이번 박람회는 캐릭터들이 모두 모여 있는 캐릭터 박람회였다. 첫째가 좋아하는 자동차 캐릭터부터 둘째가 좋아하는 공주 캐릭터까지 한자리에서 볼 수 있는 기회가 흔치 않으니 이런 기회를 놓칠 수 없었다. 우선 캐릭터들이 워낙 많다 보니 박람회 약도부터 먼저 펼치고, 아이들이 좋아할 만한 캐릭터들이 있는 부스에 동그라미를 쳤다. 왜냐하면 이벤트들이 선착순으로 진행될 수 있기 때문이었다. 아이들이 아쉬워하지 않도록 아이들이 좋아하는 곳부터 먼저 발걸음을 옮겼다. 첫째가 좋아하는 부스에서는 SNS 팔로우만 하면 랜덤 미니카 뽑기를 진행할 수 있어 자동차 하나씩을 얻었다. 둘째가 좋아하는 캐릭터 부스에서는 공주

님 옷을 입고 인생네컷 사진을 찍을 수 있었다. 그 외에도 소소한 증정 이벤트들이 많았다. 결국 가져간 에코백이 꽉 찼다. 미니멀 라이프를 꿈꾸기에 외출 후 빈손으로 들어오기가 목표지만, 이런 날에는 아이들의 행복을 위해 나의 생활 습관 가치관을 내려놓는다. 좋아하는 캐릭터와 춤추고, 사진 찍고, 게임하고, 부채와 과자, 하다못해 쇼핑백 같은 선물까지 받으니 아이들은 그저 놀이터에 온 것처럼 들떠 있었다. 그때 이후로 나는 이 녀석들이 좋아할 만한 전시회나 박람회는 되도록 미리 챙겨서 함께 하려고 노력한다. 사전 예약을 하면 무료 입장도 가능하니 이런 알짜배기 데이트가 어디 있을까.

나의 첫 박람회는 고등학교 때 갔던 서울 디자인페어였다. 그 이후로 관심 있는 것들이 있으면 박람회나 전시회가 있는지부터 체크했다. 아니 어쩜 관심이 있기 때문에 눈에 들어왔는지도 모른다. 박람회 자체가 그 분야, 관심 있는 것들을 한곳에 다 모아두기 때문에 정말 시간 가는 줄 모르고 즐기기에 딱 좋은 곳이었다. 디자인, 건축, 캐릭터, 애완 등 정말 다양한 분야의 박람회가 열린다. 그래서 선택만 잘한다면 아이의 흥미도 유발시키고, 시간도 잘 보낼 수 있다.

아이가 좋아할 만한 전시회와 박람회 찾는 방법

매년 1~3월쯤, 그해에 열리는 행사, 전시회, 박람회 일정이 포털 사이트에 등록됩니다. 미리 달력에 행사가 열리는 월초를 체크하고, 사전 등록 기간을 알아두면 아이와 알짜배기 데이트를 즐길 수 있어요. 매년 열리는 박람회는 대체로 비슷한 시기에 열리므로 미리 체크해 두면 놓치지 않고 참석할 수 있어요. 서울에서는 볼만한 박람회가 대부분 일산 킨텍스, 삼성역 코엑스, 학여울 세텍에서 열리기 때문에, 각 장소의 공식 SNS 계정을 팔로우해 놓으면 미리 정보를 얻을 수 있어 편리해요.

10

지역 축제 및 행사, 같은 장소 색다른 추억

"엄마, 밤에 나오니까 좋아요~"

지역마다 다르겠지만, 내가 사는 구에서는 여러 가지 행사와 축제들을 많이 하는 편이다. 아이가 너무 어릴 땐 그저 홍보 현수막을 보고도 엄두가 나지 않았다. 하지만 둘째가 잘 걸어 다니기 시작하면서 지역 축제나 행사도 잘 챙겨 다니게 되었다. 여러 가지 축제 중에 가을밤에 열렸던 밤마실 행사가 있었다. 평소라면 밤에 아이들과 외출을 잘하지 못하지만, 특별히 주말이라 남편과 함께 산책 겸 다녀왔다. 반짝반짝 청사초롱이 불을 밝히고, 저 멀리서 음악 소리가 들려왔다. 마음 한구석에 숨어 있던 추억 방울이 몽글몽글 피어올랐다. 결혼 전 좋아하던 일본 애니메이션에서 봤던 동네 밤 축제와 같은, 소박하지만 정겨운 그런 축제 모습이 눈앞에 펼쳐졌다. "와 좋다!" 나도 모르게 내비친 속마음이었다. 아이를 낳고 이렇게 밤공기를 맞으러 나온 적이 없었다. 가을 밤공기에 마음이 몽글몽글해졌다. 나만큼이나 밤 산책에 신난 아이들은 언니 오빠들이 하는 체험 활동을 구경하고, 공연하는 음악 소리에 맞춰서 엉덩이를 흔들거렸다. 처음 경험해 보는 밤 축제에 설레며 춤추는 아이들과 귓가에 들려오는 음악 소리가 아직도 선명해서 추억할 때마다 마음이 몽글거린다. 그때 이후론 매년 지역 밤 축제 일정을 미리 체크해 두고, 아이들과 출동하게 되었다.

"와~ 좋다. 책 읽는 서울광장!"

매년 봄부터 가을까지 서울도서관에서 진행하는 책 읽는 야외 도서관이 서울광장과 광화문광장 그리고 청계천에서 열렸다. 이 사실을 알았지만 그동안은 주차도 불편하고, 둘째가 어리다는 이유로 방문하지 않았다. 하지만 둘째가 네 살이 되고 낮잠도 자지 않게 되면서, 아이 둘과 버스를 타고 서울광장으로 향했다. 푸른 잔디밭에 물감을 찍어놓은 듯한 색깔의 빈백들이 놓여 있었고, 가운데에는 아이들이 놀 수 있는 놀이터가 있었다. 그리고 편하게 읽을 수 있는 책들이 곳곳에 마련되어 있었다. 아이들은 그저 놀이터를 보자마자 재빠르게 달려갔지만, 나는 과거가 떠올라 살짝 주춤거렸다. 예전에 일하던 곳이 서울광장 근처였을 때, 가끔 샌드위치 사 들고 서울광장에 와서 책을 읽으면서 점심시간을 보냈던 적이 있었다. 그랬던 내가 어느새 아이 둘과 함께 이곳에 오다니 묘한 감정이 들었다. 아이들이 노는 놀이터를 바라보며 오랜만에 동화책이 아닌 아무 책이나 잡아 책을 읽었다. 해가 지고 나니 여기가 외국이 아닌가 싶을 정도로 분위기가 좋았다. 아이들은 뛰어놀다 빈백에 앉거나 누워 책을 읽기도 하고, 또 한바탕 가서 뛰어놀다 오기도 했다. "엄마 여기 너무 좋다."라는 아이의 말에 속으로 '너희만 좋으면 나도 좋다.' 하다가, "아니야 엄마는 그냥 좋다!"라고 말해버렸다. 잔잔하게 틀어준 음악까지 이렇게 완벽할 수 있나 싶었다. 이런 곳을 만들어준 서울도서관과 서울시에게 감사한 밤이었다.

엄마가 되기 전 지역 축제나 행사는 귀찮음의 대상이었다. 차는 차대로 막힐 때가 많았고, 그것보다 재밌고 가볼 만한 곳이 얼마나 많은데 싶은 나의 오만함이었다. 가까이 동네에서 즐기는 축제는 나와 아이들에게 같은 공간이지만, 전혀 다른 특별한 추억을 만들어 줄 때가 많았다. 그래서 한번 경험한 축제의 매력에 아이는 다음번 축제를 기다릴 때도 있었다. 똑같은 공간과 일상에서 또 다른 즐거움을 주는 지역 축제는 아이에게도 나에게도 새로운 추억을 선사해 주었다.

함께 보면 좋은 꿀팁

매월 집 앞에 랜덤으로 지역신문이 배달됩니다. 배달되지 않을 때는 주민센터나 지역에서 운영하는 보건소, 도서관 등에서 지역신문을 보실 수 있어요. 만약 그것도 여의치 않다면 지역구 홈페이지에서 확인할 수 있습니다. 처음 지역 축제를 접한 곳이 바로 지역신문이었어요. 그 후에는 지역 구청이나 시청 사이트를 방문해 정보를 얻을 수 있었어요. 지역구나 시청에서 운영하는 공식 SNS 계정(인스타그램, 블로그, 카카오톡 채널)을 추가하면, 지역 축제와 행사뿐만 아니라 다양한 정보들을 얻을 수 있어요.

동네 밤마실 축제

책 읽는 서울광장

광화문 지구의날 행사

문화비축기지 빛의바다

11

추억 여행, 아이와 함께하기

드라마 〈응답하라 1988〉가 나왔을 때, 시대적 공감을 많이 했다. 1988년 생인 내가 어떻게 그 시대를 공감할 수 있느냐고 주위에서 많이들 물어보았다. 나중에서야 느끼게 된 건 그냥 우리 집은 시대보다 한 박자 느린 삶을 살고 있었거나, 아니면 내 기억력이 친구들보다 좋았기 때문일 것이다. 한 번도 연탄을 본 적이 없는 친구들도 있었지만, 네 살 때 엄마가 가르쳐 주던 연탄 가는 방법이 아직도 생생하다. 그리고 마당을 지나야 갈 수 있던 화장실, 동네에 들어서면 평상에서 고추 말리며 친구들과 수다 떨던 할머니의 모습까지, 이제는 돌아갈 수 없는 그때를 가끔 추억하곤 한다. 내가 살아온 시대를 아이와 이야기할 때면, 먼 훗날 아이는 지금의 이 시대를 어떻게 기억할까 궁금해진다.

어린 시절 나와 엄마는 유난히 각별했다. 무능력한 남편을 뒤로한 채 아이들을 혼자 키우는 엄마에게 맏이였던 나는 그녀의 동반자이자 친구였다. 그래서 초등학교 시절부터 엄마와 교환 일기를 썼다. 철없던 나는 지금 생각해 보면 보잘것없이 가벼운 고민들과 어디 떡볶이가 맛있다 같은 시답잖은 이야기들을 쏟아냈다. 봉제 공장을 운영하던 엄마는 늘 새벽녘이 되어서야 퇴근을 했다. 늦은 퇴근에도 언제나 정성스럽게 답장을 써주었다. 꽃 모양 테두리까지 예쁘게 그려, 학교 가는 내 가방에 살포시 넣어두곤 했다. 그런 엄마는 나에게 자신의 어린 시절 꿈부터 왜 재봉을 하게 되었는지, 왜 학교를 그만둘 수밖에 없었는지 서슴없이 털어놓았다. 나에게 교환 일기장은 바쁜 엄마와 이야기 나눌 수 있는 소통의 수단이었지만, 어쩌면 엄마에게 교환 일기장은 과거의 자신을 위로하고, 미래의 자신을 응원하는 수단이지 않았을까 싶다. 언젠가 엄마가 그런 말을 한 적이 있다. "너는 엄마 인생에서 가장 든든한 백이었어." 그때는 그냥 내가 엄마 마음속 강력한 지원자구나라고 생각하며 가볍게 넘겼는데, 첫째를 낳고 보니 알았다. 엄마는 나에게 부끄럽지 않은 엄마가 되기 위해 부단히도 열심히 살았다. 그래서 언제나 자신의 과거와 현재, 그리고 앞으로 어떻게 살아갈지 나에게 이야기해 주곤 했다. 어린 시절 동생들 뒷바라지를 위해 공장을 나가야 해서 배움이 짧은 것이 콤플렉스라고 엄마는 말했다. 그런 엄마를 위해 나는 학교에서 배운 알파벳과 영어 단어 같은 걸 알려주곤 했다. 그리고 서점에서 책을 보다가 엄마 생각에 구입한 김미경 작가의 『꿈이 있는 아내는 늙지 않는다』 책을 선물로 드렸다. 새벽까지 일하며, 우리 남매를 챙기는 와중에도 엄마는 틈틈이 책을 읽었다. 그 또한 부족하지 않은 엄마가 되기 위한 노력이었음을 엄마가 되고 나서야 알았다. 전반적인 이야기들은 이미 머릿속에서 많이 희미해져 버렸다. 하지만 그때 엄마와 함께한 추억을 통해 서로 더 이해하고, 서로를 응원하는 존재가 되었다는 것을 나는 안다. 그래서 나는 되도록 아이에게 나의 이야기들을 많이 해주는 편이다. 그게 과거형이든 현재형이든 아이와 이야기를 나누다 보면 내가 어떤 사람이 되고 싶은지 선명해지고 부끄럽지만 더 좋은 사람이 되고 싶어진다.

"여기 엄마 아빠가 다니던 학교야."

시댁 가는 길에 내가 다니던 중학교를 지나갔다. 이제는 제법 대화가 통하는 아이들에게 말을 건네었다. 아이들은 몇 살에 다니는 학교인지도 물어보고, 그때 친구가 몇 명이었는지, 아빠는 어떻게 만났는지도 물어보며 두 눈을 말똥거렸다. 내 나이 열네 살, 남편은 열여섯, 학년 때문이었는지 두 살 차이가 크게 느껴지던 때였다. 내가 다닌 중학교에서는 세 개의 동아리가 있었는데, 남편과 나는 동아리 선후배로 만났다. 통통한 볼살에 반듯한 새내기 교복을 입었던 나와 달리, 남편은 하늘 같은 선배님이었다. 능수능란한 말솜씨와 지나가는 사람마다 알 정도로 인싸 중의 인싸였다. 그때 당시 남편은 나에게 "네가 남동생이면 좋겠다. 그럼 맨날 데리고 다닐 텐데…."라고 말할 정도로 나를 동생 이상으로 생각하지 않았다. 동아리 선후배들과 우리 집에서 모일 때도, 우리 엄마를 편하게 "어머니"라고 부르면서 밥도 거리낌 없이 넙죽 얻어먹곤 했다. 성인이 되고 나서도 그저 오빠 동생 사이로 지내면서 1년에 한 번쯤 얼굴을 보며 지냈다. "어머니~ 네네! 잘 지내시죠? 오늘 제가 유림이 저녁 먹여서 아홉 시까지 잘 들여보낼게요!"라며 엄마에게 너스레를 떨던 사람이었다. 연인 사이가 되고 부모님께 첫인사를 하러 가는 남편의 얼어버린 모습을 보니, 그동안 정말 나를 동생으로밖에 생각 안 했구나 싶었다. 가끔 그때 그 선배가 지금 내 옆에 있는 남편이 맞나 싶어 놀라울 때도 있지만, 남편과 나의 추억이 있는 장소에서 아이들과 함께 이야기보따리를 풀 수 있음에 감사했다. "엄마는 아빠랑 그때부터 결혼했어?", "그때 엄마가 아빠 좋아했어?" 아이의 엉뚱하고 흥미진지한 질문들이 오고 갔다. 그때는 전혀 상상할 수 없던 일이 일어난 지금이 마냥 신기했다. 어느 드라마처럼 갑자기 꿈에서 깨며 과거로 돌아가 있으면 어쩌지 싶었다. 이 귀여운 녀석들을 놔두고 말이다. 이야기꽃을 피우다 보니 잠시나마 열네 살의 수줍은 나로 돌아간 것 같아 설레는 시간이었다.

"엄마가 일하던 곳이야."

아이를 낳기 전 나는 생각보다 일을 좋아하는 직장인이었다. 월요병이 무색할 만큼 출근이 즐거웠고, 내 나름 내 일에 대한 재미를 느끼며 살았다. 엄마가 되어도 출산휴가만 쓰고 돌아가서 워킹맘이 되리라 다짐했었다. 그런데 아이를 품에 안고 키우면서 인생의 1순위가 바뀌는 감정을 느꼈다. 그 후에도 일에 대한 갈증으로 다시 복직할 것이라는 확신이 있었지만, 결국 둘째를 가지고 퇴사를 결심했다. 가끔 옛 회사를 지나갈 때나 옛 동료 소식을 들을 때면 열정 넘치게 일했던 때가 사무치게 그리웠다. "엄마 회사 엄청 크다~! 엄마는 저기서 뭐했어?" 엄마는 이런 일을 했었고, 그때는 쉬는 날 없이 늦게까지 일하는 날도 많았다며, 어린아이를 두고 조잘조잘 내가 잘했던 일, 좋은 성과를 이루었던 이야기들만 자랑처럼 늘어놓았다. 이제는 별 볼 일 없는 과거 나의 경력과 성과들을 이렇게 귀 기울이면서 재밌게 들어주는 사람이 또 있을까.

"그럼 엄마는 꿈이 뭐였어?" 그다음 아이의 말에 아주 어렸을 적 꾸던 말도 안 되는 꿈을 시작으로 현실 가능성이 있었던 꿈까지 엄마가 되기 전 나의 일대기를 늘어놓았다. "근데 이제 엄마는 사장님이잖아." 아이의 말에 웃음이 터졌다. 퇴사 후 온라인 쇼핑몰을 운영할 때, 너무 바빠서 일하는 분들을 고용한 적이 있었는데 그때 그분들이 감사하게도 사장님이라는 호칭을 써주셨다. 그리고 아이가 가정 보육하면서 함께 거래처를 갈 때마다 거래처분들이 나를 사장님이라고 해주다 보니 아이 나름 '우리 엄마는 사장님'이라는 인식이 생겼다. 그 후로 아이는 어딜 가면 "우리 엄마는 사장이에요!"라는 말을 서슴없이 하곤 했다. 온전히 부끄러움의 몫은 나였지만, 엄마가 자랑스러운 아들 녀석의 말이 싫지만은 않았다.

그 후 좋은 기회로 문집을 쓰게 되었다. 거실 책꽂이에 꽂힌 문집에서 엄마 이름을 보고 나보다 더 기뻐하며, 동그래진 두 눈으로 밤새 내 이야기를 다 읽어주기도 했다. 유치원에서 책을 쓰거나 작품을 내는 사람을 작가라고 부른다는 걸 배웠기 때문에 문집을 읽고 나서부터는 '우리 엄마는 작가님'이라는 인식이 생겼다. 나는 아이에게 그냥 엄마로만 인식되어 살고 싶지 않은 무언의 욕심이 있다. 그래서인지 무던히 발버둥 치며 살고 있는 기분이다. 과거에 열심히 살았던 그리고 지금도 열심히 살고 있는 엄마로 기억되고 싶다. 그래서 과거와 현재, 내가 하는 일에 대해서 아이와 함께 나눈다. 그러다 보면 어느새 서로를 응원하는 동반자가 되어 있음을 느낀다.

"엄마가 진짜 좋아하던 영화야."

중학생 때, 피아노 학원 선생님이 나와 동갑내기 친구와 함께 종로에 위치한 서울극장에 데리고 가서 영화를 보여준 적이 있었다. 그전에도 극장에서 영화를 본 적이 있었지만, 그동안 내가 보던 영화들과 너무 달랐다. 그래서인지 나는 처음 영화관에서 영화를 본 날보다 이날의 기억이 더 선명하다. 짙은 파란색 노선인 지하철 1호선을 타고 서울극장이 있는 종로3가역에 도착했다. 지하철 출구와 멀지 않은 곳에 위치한 서울극장으로 가는 좁은 골목에는 군밤과 쥐포, 오징어를 파는 상인들로 북적였다. 서울극장 건물 외부에는 메인 영화 포스터가 가장 커다랗게 붙어 있었고, 그 외에 상영 중인 영화 포스터들이 벽에 붙어 있던 게 기억이 난다. 토요일이라 그런지 이미 많은 사람들이 매표소 앞에 줄을 서고 있었다. 그때는 지금처럼 인터넷이나 핸드폰으로 미리 예매를 할 수 없고, 직접 방문해서 영화표를 줄 서서 구매해야 했다. 매표소 위쪽에는 상영하고 있는 영화와 시간표가 표시되어 있었다. 표를 구매하다 매진이 되면, 그 시간표 아래 매진이라는 글씨가 나왔던 것까지 흐릿하게 기억이 난다. 선생님은 나와 친구에게 1층 로비에 있는 의자에서 기다리라고 했는데, 그곳에는 팝콘과 음료를 파는 매점 같은 곳이 있었다. 지금처럼 영상이 나오는 메뉴판도, 현란한 광고도 없었지만 꽤 많은 사람들이 줄을 서서 기다렸다. 팝콘을 사고 상영관으로 들어섰다. 붉은색 계열의 패브릭 의자들이 줄을 지어 우리를 기다리고 있었다. 정중앙 라인 맨 뒤에서 2번째 자리였던 것까지 기억난다. 그날 선생님이 보여준 영화는 나를 새로운 세계로 안내했다. 동화 같은 영상미와 가벼운 듯 결코 가볍지 않은 배경음악, 상상하던 모든 것들을 영상으로 만들어놓은 것 같은 스토리에 반해 버렸다. 나는 잠이 오지 않을 때면 〈이상한 나라의 앨리스〉처럼 일어날 수 없는 세상을 만들어 상상하곤 했는데, 그런 영화를 만나게 된 것이다. 그게 내가 처음 본 미야자키 하야오의 영화 〈센과 치히로의 행방불명〉이다. 그 후로 나는 미야자키 하야오의 영화를 좋아하게 되었다.

그중 비가 오거나 바닷가 근처에 가면 영화 〈벼랑 위의 포뇨〉가 생각났다. 비가 폭우처럼 쏟아지던 주말 불을 끄고, 팝콘도 한 솥 튀겨 아이들과 소파에 자리를 잡았다. "엄마가 비 오거나 바닷가에 가면 생각나는 진짜 좋아하는 영화야."라고 알려주고 함께 〈벼랑 위의 포뇨〉를 관람했다. 예전에 〈이웃집 토토로〉를 보며 무서워하던 녀석들이었는데, 조금 밝은 배경의 영상미라 그런지 귀여운 물고기 소녀 포뇨와 인간 소년 소스케의 만남에 몰두했다. 어린 시절 나만 알고 싶은 비밀스러운 친구 한 명쯤은 상상했던 것 같은데, 그 부분을 잘 녹여준 동심 가득한 영화였다. 바다 생활에 지루함을 느끼는 물고기 소녀 포뇨는 육지로 올라오는데, 어쩌다 유리병에 갇히게 된다. 그때 바닷가 근처에서 놀고 있던 인간 소년 소스케의 도움으로 유리병을 나와 소스케와 즐거운 시간을 보낸다. 하지만, 물고기였던 포뇨는 바다로 돌아가게 되고, 그 후 마법의 힘을 빌려 작은 소녀가 되어 소스케를 찾는다. 마법의 힘으로 땅과 바다의 균형이 사라지면서 소스케 마을에는 홍수가 난다. 홍수가 난 마을에서 엄마를 찾기 위해 두 아이는 장난감 배를 타고 여정을 떠나는데, 그 모험을 어둡거나 두렵게 표현하지 않았다. 밝고 용감하고 씩씩한 느낌을 받았다. 아이들은 영화를 보는 내내 포뇨와 소스케의 대사를 따라 하기도 하고 자기도 배를 운전해 보고 싶다는 당찬 마음을 표현하기도 했다.

좋아하던 영화를 함께 본다는 건, 또 다른 시선으로 영화를 바라보고, 같은 감정과 다른 생각들을 교류할 수 있는 기회가 제공된다는 것이다. 그리고 우리들만의 언어가 탄생한다. 한동안 우리는 〈벼랑 위의 포뇨〉 노래를 함께 부르거나, 대사를 따라 하며 포뇨와 소스케가 되곤 했다. "포뇨는 소스케 좋아!" 영화를 함께 본 사람만이 공감할 수 있는 묵언의 메시지였다.

PART 2

아이와 더 알차게
여행하는 방법

1.

재미있게
여행하는 꿀팁

1

워크지로 체험형 여행하기
(스탬프 투어 / 퀴즈 장소 맞히기)

어느 장소에서 여행을 하든지, 매표소와 안내소는 빠른 입장을 위해 쉽게 지나치기 마련이었다. 원래도 성격이 급한 편이라 그렇지만, 아이 둘을 혼자 챙기느라 정신이 없어서 바로 다음 코스로 후다닥 넘어가곤 했다. 그러다 우연히 어느 박물관의 매표소에 놓인 활동지를 보고 깜짝 놀랐다. 이렇게 재밌고 유익한 활동지를 이제야 알았다니 머리를 한 대 맞은 기분이었다. 아이는 그 활동지를 들고, 이곳저곳을 탐색하며, 도장을 찍고 퀴즈를 풀면서 다녔다. 그 후로 어디를 가든 안내소나 매표소에 있는 팸플릿부터 둘러보는 습관이 생겼다. 그냥 안내 지도 같은 것들이 대부분인 곳들도 있지만, 어린이를 대상으로 한 곳들에는 색다른 활동지들이 많았다. 숨은 보물찾기를 하는 곳도 있었고, 전시 공간을 둘러보며 스탬프를 찍어 완성하는 곳들도 있었다. 그러다 좋은 생각이 떠올랐다.

처음으로 남편 없이 2박 3일 여행했을 때, 아이들이 아빠 이야기를 많이 했었다. 당일치기나 1박 2일 정도는 괜찮았지만, 역시나 2박 3일은 아이들에게도 아빠의 빈자리가 느껴지는 것 같았다. 그 후론 남편 없이 떠나는 여행이 조금 조심스러웠다. 하지만 또다시 찾아온 연휴를 그냥 보낼 수 없어 남편과 이야기한 후 한 번 더 여행을 떠나기로 했다. 이번 여행에서 아이들이 아빠의 빈자리가 크게 느껴지지 않도록 더 재밌는 추억을 남겨주고 싶었다. 여행 계획을 세우면서, 미리 장소와 특징들을 적어두고, 1일 차부터 3일 차까지 코스별로 '장소 속의 특징을 찾아라! 퀴즈 투어!'를 만들어보기로 했다. 우리가 갈 장소들과 그곳의 특징들을 □□□ 빈칸을 만들어 문제를 내고, 장소를 탐색하여 퀴즈를 맞히게 되면, 장소 옆에 미션 성공 체크를 해주는 방식이었다.

전날 밤 급하게 미션 활동지를 만들었다. 다음 날 아침 6시 자는 아이들을 하나씩 차에 옮겨 눕히고, 차가 막힐 것 같아 부지런히 출발했다. 아침 7시 전에는 버스 전용차선을 이용할 수 있기에 먼 거리는 대체로 일찍 출발해야 차 안에서 버리는 시간을 줄일 수 있었다. 그렇게 달리고 달려서 충주에 도착했다. 아이들과 함께 아침 식사를 하는 식당을 찾아 식사를 마치고, 식당 식탁에 미션 종이를 꺼내두었다. 오늘 갈 곳에 대한 짧은 브리핑과 "장소 속의 특징을 찾아라!" 미션 활동지를 설명했다. 해당 장소에 도착해 탐색을 끝내고 문제를 맞히면 미션 성공이고, 이 미션은 총 2박 3일에 걸쳐서 진행된다고 말했다. 아이들의 반응은 생각보다 뜨거웠다. "미션 다 하면 선물도 있어요?"라는 물음에 고개를 끄덕였다. 그렇게 지지고 볶던 현실 남매 둘이 방방 뛰며 미션 성공하면 선물이 있다고 좋아했다. 꼭 성공해야 하니 열심히 하자며 두 손 불끈 결의를 다졌다. 가끔 집에서 둘에게 하나의 미션을 주면 그렇게 사이가 좋은데, 2박 3일 여행지에서 미션이라니 아이들은 손을 꼭 잡고 설레는 표정을 지었다.

첫 번째 장소는 충주의 '오대호아트팩토리'였다. 폐교를 개조해 만든 정크아트 전시관으로 오대호 작가가 여러 폐 재활용들을 이용하여 만든 많은 작품이 학교 운동장과 교실에 가득했다. 이곳을 선택한 이유 중 하나는 바로 학교 운동장에 놓인 알록달록한 다양한 자전거들이었다. 색감과 디자인도 동화 속에서 나올 법하지만, 움직임도 신기했다. 옆으로 가는 자전거, 누워서 타는 자전거, 놀이동산에 있던 기차 모양을 가져와 만든 자전거 등 종류가 너무 다양해서 하나씩만 다 타보아도 1시간이 훌쩍 흘렀다. 아이들의 호기심은 끝이 없었다. 다리가 닿지 않는 것들마다 "엄마! 엄마!" 불러서 그날 자전거 페달을 얼마나 밟았는지 모른다. 정말 신기했던 자전거 중 하나는 내가 페달을 밟는데 아이들이 들어가 있는 운전석 앞쪽 원기둥이 빙글빙글 돌기 시작한 자전거다. 아이들도 앞으로 가면서 빙글빙글 돌기 시작하는 원기둥 자전거를 타면서 놀이기구 같아 즐거워했다. 자전거를 한바탕 타고 내부로 들어서니, 로봇과 오토바이 등 다양한 정크아트가 눈에 들어왔다. 스위치를 누르면 마구 몸을 움직이는 로봇부터 내 시선을 따라다니는 로봇까지 하나하나 구경하며 시간을 보냈다. 아이들에게 "이제 이곳을 모두 탐색한 것 같나요~?"라고 물었다. 아이들은 아쉬운 표정을 지었다. 저렇게 아쉬울까 싶어 제일 타고 싶은 거 한 번씩 더 타고 다음 장소로 이동하기로 했다. 주차장으로 이동하면서 첫째는 미션 종이를 펼쳤다.

"여러분 안녕하세요! 첫 번째 여행 코스에 잘 도착하셨나요?

첫 번째로 여러분이 도착한 곳은 정크아트로 유명한 '오대호아트팩토리'입니다.

정크아트는 폐기물과 재활용품을 재료로 사용하여 만드는 예술 작품을 의미합니다.

이곳 학교 운동장에 폐기물과 재활용품으로 새롭게 탄생된 □□□ 많이 있습니다.

이것들은 모두 직접 타고 즐기실 수 있습니다. 이것은 무엇일까요? □□□"

내가 읽어주니 둘째가 "자전거!"라고 말했고, 첫째는 "맞아! 맞아!" 하면서 빈칸을 채웠다. 둘이 힘을 합쳐 문제를 맞혀서인지 두 아이의 어깨가 으쓱거렸다. 두 번째 코스는 점심으로 먹을 베이커리 카페로 정했다. 남편 없이 아이들과 여행할 때는 저녁 외출이 왠지 조심스러웠다. 그래서 이른 저녁을 먹을 예정이었고, 점심은 가볍게 해결하기로 했다. 베이커리 카페도 그냥 선택하지 않았다. 자동차를 좋아하는 첫째를 위해 자동차와 자동차 부품들이 전시되어 있는 자동차가 주제인 카페로 선택했다. 카페에 도착하자 오래된 클래식 카들이 전시되어 있는 걸 보고, 첫째는 두 눈이 휘둥그레지며 여기저기 구경 다니느라 바빴다. 둘째는 예쁜 색감의 클래식 카들을 보면서 예쁜 자동차들만 찾으러 다녔다. 그사이 자리를 잡고 앉았다. 의자는 자동차 좌석을 떼어다 만들고 테이블은 타이어 위에 유리를 올려 만들어놓은 자리었다. 한참을 구경하고 자연스럽게 자동차 좌석 의자에 앉으려던 첫째는 "엄마 여기 자동차 천국인가 봐, 나 또 구경하고 올게." 하고 금세 또 구경하러 가버렸다. 둘째와 함께 빵과 음료를 골랐다. 점심으로 빵과 음료를 푸짐하게 한 상차림으로 먹고, 아이들과 미니카들이 수집되어 있는 공간부터 핸들만 모아둔 곳, 엔진만 모아둔 곳, 자동차의 여러 가지 것들을 분류해 놓은 공간들을 구경했다. 남편이 있었더라면 아이에게 더 잘 설명해 주었을 것 같았다. 나중에 다시 남편이랑 와야지 마음을 먹고 뒷마당에 자동차 구경을 나가려는 길에 아이 손님들을 위한 작은 놀이방과 마주쳤다. 결국 눈길을 사로잡힌 아이들과 함께 작은 놀이방으로 들어갔다. 그렇게 해서 또 30분이란 시간을 함께 보드게임 하고 책도 읽고 놀았다. 그리고 뒷마당에 전시된 자동차들을 보러 갔다. "우와!" 탄성이 흘러나왔다. 중고차 시장에 온 듯 많은 차들이 줄을 지어 서 있었다. 진짜 구매하려는 사람들은 탑승도 가능하다고 했지만, 날이 너무 더워서 그냥 구경만 했다. 배도 있고 트럭도 있고 정말 오래된 국산 자동차들부터 외국 클래식 자동차들까지 다양한 종류를 빠르게 구경하고 차에 올랐다. 아이는 두 번째 장소에 대한 미션을 풀기 위해 꼬깃꼬깃 접힌 종이를 꺼냈다.

"두 번째 장소는 자동차들의 모든 것들을 모아둔 자동차 카페였습니다!

자동차들은 잘 구경하셨나요? 자동차는 우리의 삶을 편하게 해주는 고마운 친구

예요. 자동차가 사람이라고 생각한다면 자동차의 다리가 되어주는 타이어와 뇌

와 비슷한 기능을 하는 핸들, 그리고 심장이 되어주는 □□도 구경하셨을 것 같아

요. 자동차의 심장이 되어주는 이것은 무엇일까요?" □□

첫째는 당당하게 "이건 내가 당연히 알지! 엔진이지!"라고 대답했다. 둘째는 그런 오빠를 보며, 역시 오빠야! 하는 표정을 지어주었다. 이런 경우에는 둘이 같은 편이어서 참 다행이구나 싶었다. 그래도 혹시 모를 둘째를 위해 "오! 첫 번째는 동생이 맞히고, 두 번째는 오빠가 맞히고! 둘이 대단한데!" 엄지 척! 최고를 표해 주었다. 둘은 칭찬이 부끄러워 우쭐대며 씩— 웃었다. 다음 장소인 충주 자연생태체험관으로 향했다. 미취학 아동은 무료고, 어른은 2,000원이란 저렴한 입장료지만, 자연 생태계를 재밌게 배울 수 있는 곳이었다. 규모는 생각보다 작았지만, 1층에서부터 동식물들에 대한 지식들이 붙어 있어 아이들과 읽으면서 배우는 부분들이 많았다. 처음 보는 내용들도 많아서 "얘들아, 이거 좀 봐봐!" 하면서 신기해하며 보는데, 되레 첫째는 유치원에서 배운 것들이 많아 나의 무지함에 조금 부끄러운 시간이기도 했다.

또 이곳 자연생태체험관이 재밌었던 점은 활동지 대신 문제를 풀어 정

답을 맞히는 활동을 하고 있었다. 체험관을 구경하면서 중간에 나오는 문제들을 보고 정답을 찾아서 나갈 때 아이가 직접 매표소 직원분이 읽어주는 문제를 풀어 정답을 맞히면 상품을 받을 수 있는 활동이었다. 총 여섯 문제였고 아직은 미취학 아이가 풀기에는 어려울 것 같다는 말도 전해 들었다. 어차피 내가 가져온 미션 종이도 있으니 아쉬울 건 없었다. 그래도 관람하다 문제를 만나면 문제를 풀려고 아이와 전시관 내 동물, 곤충들에 대한 이야기를 읽으면서 문제도 풀고 체험관도 관람했다. 장수풍뎅이와 같은 곤충들도 만나고 뱀, 거북이, 도마뱀 등 파충류관도 구경했다. 중간에 색칠공부도 하고, 지하 1층 유아놀이방에서 아이들과 시원한 에어컨 바람 쐬며 무궁화꽃이 피었습니다와 술래잡기를 하면서 한바탕 뛰어놀았다. 시간을 보내고 1층으로 올라왔다. 아이에게 "아까 우리가 같이 찾아다니면서 풀었던 문제들을 여기 선생님이 다시 내주신대! 문제 맞히기 한번 해볼래?" 아까 이미 입장할 때 들었던 터라 한번 도전해 보겠다는 첫째 아이를 앞장세워 매표소에 계신 선생님께 향했다. "엄마는 이렇게 도전하는 것만으로도 엄청 용감하다고 생각해. 맞히지 못해도 속상하지 않기!" 약속 후 퀴즈 타임이 시작되었다. 어떤 동물인지 또 어떤 종류인지 맞히는 문제들이었는데 첫째는 여섯 문제 중에 다섯 문제를 맞혔다. 상품은 5개의 동물 사진이 그려진 배지였다. 어른인 내가 보기엔 별것 아닌 상품이지만 아이는 직접 문제를 맞히고 받은 선물이기에 들떠 하며 좋아했다. 상품이 홀수여서 둘이 똑같이 나눌 수 없어 작은 문제가 생기긴 했지만, 금세 엄마가 만든 미션이 있다는 것을 생각하고, 발걸음을 옮겼다.

"세 번째 장소 자연생태체험관에서 많은 것들을 보고 배우셨나요?
이번 문제는 자연생태체험관에서 만난 수달에 관련된 문제입니다. 수달은 수생태계의 먹이사슬 상위에 위치해 있고, 뛰어난 수영 실력으로 작은 물고기와 양서류 등을 먹으며, 수생식물의 성장을 돕는 중요한 역할을 합니다. 특히, 수달은 귀여운 외모에 있는 어떠한 것 때문에 시야 확보가 어려운 물속에서도 미세한 움직임을 감지하여 사냥을 합니다. 수달에게 있어 물속에서 사냥하고, 자신을 지키기 위한 얼굴의 가장 중요한 감각기관은 어디일까요?" □□

생각보다 어려운 질문에 아이들의 머리가 빠르게 움직이는 것을 느낄 수 있었다. 아이들은 나에게 힌트 좀 달라고 이야기했고, 나는 말없이 턱과 인중에 손을 대어 길게 표현했다. "수염!!! 수염!!!" 다급한 둘째의 대답에 첫째도 옳다구나 싶은 표정을 지었다. 그렇게 1일 차 미션 종이 첫 페이지가 끝이 났다. 여행 전날 급히 만들어 허접한 모양에 알록달록하지도 않고, 텍스트가 가득한 미션 활동지였지만, 아이들은 꼬깃꼬깃 미션 종이를 들고 하루를 함께해 주었다. 이른 저녁을 먹고 숙소에 들어와 아이들은 욕조에 물을 받아 놀게 하고 짐을 정리했다. 정리하다 마주한 아이들이 쓴 미션 종이를 보고, 여러 가지 생각들이 교차했다. 재밌게 임해 주어서 고마운 마음과 언제 이렇게 커서 나랑 이런 여행을 할 수 있는 친구가 되었을까 싶었다. 아이들도 나도 한 뼘 더 자란 기분이 드는 밤이었다.

생각해 보니 그것은 미션 종이이기도 했지만, 아이들과 나의 여행 계획
표와 다름이 없었다. 한 장소를 다 놀고 나면, 그다음 코스는 어디로 가야
하는지 아이들이 되레 나에게 안내를 해주기도 했으니 말이다. 이날 이후
로 계획적인 여행을 떠날 때면, 아이들과 여행을 재밌게 즐길 수 있는 워
크지나 미션 활동지를 만들어 간다. 그때그때 다르지만 숨은 간판 찾기,
장소 도장 깨기 등 다양하게 변형하기도 하고, 지역에서 이미 하고 있는
스탬프 투어가 있으면 응용하기도 한다. 지역에서 받은 상품은 내가 좋지
아이들이 좋은 건 아니니까 선물만 바꿔 주어도 아이들은 열의를 다해 투
어에 참여하기 때문이다.

한글박물관 퀴즈 풀기

서산 지역 스탬프 투어

2

지도 요정, 아이들 스스로 길 찾기

아이들과 여행을 다니다 보면, 차로 이동하는 것만큼 편한 게 없었다. 특히 서울 지역을 벗어나는 경우에는 무조건 차로 이동했다. 하지만 둘째가 낮잠이 없어진 네 살 때부터는 가까운 곳부터 대중교통으로 갈 수 있는 곳들은 최대한 대중교통을 이용하기 시작했다. 평소에 자동차를 타고 다니다가 가끔 버스나 지하철 타고 갈까? 하면 아이들은 "오 그거 좋지!" 하면서 항상 긍정적으로 말해 주었다. 많이 걷다 보니 힘들 수도 있을 텐데, 구경하며 걷는 여정 또한 아이들에겐 또 다른 즐거운 경험이 되는 것 같았다. 비록 내 짐은 가방 한가득, 두 어깨가 무겁지만 말이다.

어느 일요일, 원래라면 남편이 쉬는 날이지만 이날은 행사 때문에 어쩔 수 없이 일산 킨텍스에 일을 하러 가야 했다. 주말에만 아이들과 시간을 보낼 수 있는 남편과 상의 끝에 일 끝나는 시간대에 아이들과 남편 일하는 곳을 방문해서 함께 저녁을 먹기로 했다. 차는 남편이 사용해야 했기 때문에 대중교통을 타고 이동해야 하는 상황이었다. 집에서 일산 킨텍스까지는 버스 타고 이동한 후, 지하철 타고 내려서 또다시 버스를 타야 도착하는 경로였다. 버스 2번, 지하철 1번을 갈아타야 도착할 수 있는, 아직 우리 아이들에게는 조금 어려운 코스였다. 그때 문득 재밌는 생각이 떠올랐다. 바로 일명 '지도 요정'이다. 집에서 일산 킨텍스까지 가는 방법을 지도를 통해 미리 검색하고, 그것들을 하나씩 나열하기 시작했다. 집에서 나와 어느 버스 정류장에서 버스를 몇 번 타야 하는지, 어느 역 몇 번 게이트에서 탑승하고 어디서 내려야 하는지 하나하나 일일이 미리 연습장에 적어 체크했다. 그리고 예쁜 무지개 종이들을 모아 한 장 한 장 가는 방법을 적어두었다. 일부러 꼬불거리는 글씨체를 이용했다. 엄마가 만든 미션지가 아닌 '지도 요정'이 안내해 주는 편지처럼 써 내려갔다.

첫 번째 페이지에는

'아빠 찾아 떠나는 지도' 날짜: 2023.10.07. 목적지: 일산 킨텍스

목표와 목적을 담은 제목과 지도 요정이 아빠가 있는 곳을 안내해 줄 테니 둘이 한번 직접 아빠를 찾으러 가보자는 내용의 편지를 썼다.

"안녕! 나는 무지개 마을에 사는 지도 요정이야! 너희 아빠가 있는 곳을 내가 가르

쳐줄게! 오늘 13시 30분에 출발해 줘! 밥도 든든히 먹고, 물과 간식 조금 챙겨서 둘이 미션을 성공해 봐! 엄마의 도움은 단 2번만 사용 가능해! 그럼 파이팅!"

아이들은 정말 지도 요정이 보낸 편지가 맞는지 나에게 여러 차례 확인하더니, 순수하게 정말 요정이 쓴 편지인 것으로 믿고 들뜬 표정을 감추지 못했다. 각자 가방에 물과 간식을 챙기곤, 13시 30분이 되기만을 시계만 바라보며 기다렸다. 모험을 떠나듯 비장한 아이들의 표정을 아직도 잊지 못한다. 나도 아이들을 따라 서둘러 준비를 했다. 혹시 모를 아이들 간식과 물티슈, 지하철 안에서 볼 책들을 챙겼다. 13시 30분이 되고 드디어 아이들의 여정이 시작되었다. 집을 나서는 순간 두 아이에게 "이건 너희들의 미션이야. 엄마는 뒤에서 따라갈게."라고 말했다. 말이 끝나자 둘은 손을 꼭 잡고, 첫째는 지도 요정이 준 편지를 보며 발길을 옮겼다.

세 번째 페이지부터는 어설프지만, 직접 손으로 그린 약도와 함께 타야 할 버스 정류장을 설명했다. 버스 번호는 조금 재밌게 더하기, 빼기를 통해 □□□ 숫자를 맞힐 수 있도록 했고, 그 해당 번호의 버스를 타라고 말했다. 아이들은 집에서 나와 집부터 버스 정류장까지 약도를 보며 잘 따라가 주었다. 자주 가던 아이스크림 집 앞에서 횡단보도를 건너면 있는 버스 정류장이라 어렵지 않게 도착한 버스 정류장에서 미리 더하기, 빼기를 통해 얻은 번호의 버스에 탑승했다. 다음 페이지에 적힌

"안국역, 서울 공예박물관에서 하차하세요."

라는 문구를 보고 첫째가 어떻게 하면 그 역인지 알 수 있냐고 물었다. 버스 안에 그려져 있는 버스 노선표를 보면서 아이에게 설명해 주었다. 아이는 우리가 지금 탄 역의 이름을 묻더니, 그 역부터 내릴 안국역까지 몇 정거장을 지나야 하는지 숫자를 세기 시작했다. 그러곤 버스가 정류장에 설 때마다 숫자를 하나씩 줄여나갔다. 중간에 놓쳤을 땐 또 노선표를 보고, 다시 세기도 했지만, 엄마로서 새로운 것을 배워가는 아이가 그저 대견하게 느껴졌다.

"내린 곳에서 버스가 가는 방향으로 걷다 보면 다이소가 나와요.
다이소가 '안국역' 지하철역입니다. 그곳에서 지하철을 탈 예정이에요."

첫째는 동생의 손을 꼭 잡은 채 안국역에서 내려 버스가 가는 방향으로 걷기 시작했다. 가면서 뒤에 있는 나를 보며 잘 따라오는지 확인하는 것도 잊지 않았다. 익숙한 다이소 매장이 보이자 지하철역으로 들어가는데 갑자기 둘째가 잠시 발걸음을 멈췄다. 다이소 앞에 있는 공주님 아이템이 아이의 눈길을 사로잡았다. 성격 급한 엄마는 둘째에게 '빨리 가자!'라고 말하려고 했는데, 첫째의 말소리가 먼저 들려왔다. 동생 얼굴 높이로 고개를 숙이더니 "이거 구경하고 싶어? 그럼 조금만 보다가 갈까?" 첫째의 말에 둘째는 고개를 끄덕였다. 그리고 5초도 채 되지 않아서 "오빠, 나 이제 다 봤어. 가자." 하는 것이 아닌가. 순간 뒤에서 걷던 나는 얼굴도 마음도 빨개졌다. 그동안 서두르는 마음 때문에 항상 "빨리 가자."며 둘째와 실랑이하던 경험들이 머릿속을 스쳐 지나갔다. 여섯 살 첫째보다 아이의 마음을 모르는 내 자신이 부끄러웠다. 첫째는 둘째 손을 꼭 잡고 지하철역으로 내려갔다.

"지하철은 두 방향으로 운행됩니다.

저번 주 친구들이 다녀왔던 궁궐 □□□역 방향으로, 바닥 7-1에서 지하철을 타면 됩니다. (조금 어려울 수 있으니 엄마의 도움을 받아보세요)"

일부러 편지 중간에 퀴즈들을 넣었다. 아이가 그냥 가는 것보다 빈칸에 문제를 넣어 맞히면서 가면 분명 흥미를 잃지 않고 갈 것 같았기 때문이었다. 다행히 저번 주에 다녀왔던 경복궁역을 기억해서 빈칸을 채우고, 두리번거리면서 역 이름을 찾는 아이에게 다가갔다. 지하철역은 생각보다 복잡했다. 아이에게 두 방향으로 가는 열차를 구분할 수 있는 건, 지하철 천장 쪽에 달린 안내표를 보면 된다고 가르쳐주었다. 그리고 바닥의 숫자들은 역마다 같기 때문에 다른 역에서 친구를 만나도 이 숫자를 알려주면 같은 열차를 탈 수 있다는 것도 알려주었다. 무사히 7-1에 서서 지하철을 탔다. 감사하게도 자리를 양보해 주신 분들 덕분에 두 아이는 자리를 잡고 앉았다. 다음 페이지에서도 문제가 나왔다.

"우리는 아빠를 찾으러 Ⓐ Ⓑ 역까지 가야 합니다.

Ⓐ Ⓑ 역은 50분 정도 가야 해요. Ⓐ Ⓑ 역은 어디일까요?

Ⓐ는 Ⓐ나무, Ⓐ추, Ⓐ전, Ⓐ화에 공통적으로 들어가는 말입니다.

Ⓑ는 Ⓑ장실, Ⓑ요일, Ⓑ가, Ⓑ분에 공통적으로 들어가는 말입니다." □□역

첫째는 동생에게도 글을 읽으면서 생각해 보라고 했고, 둘은 그렇게 문제를 맞혔다. 나는 지하철 노선표를 보여주면서 현재 우리가 탔던 역에서 대화역이 어디까지인지 설명해 주었다. 꽤 멀다고 느꼈는지 첫째도 잠시 긴장감을 내려놓는 듯했다. 둘째 손을 잠시 놓고선, 물도 한 모금 먹고 가방에 넣어 온 젤리를 먹어도 되는지 물었다. 여기까지 오느라 이 녀석도 당이 당기는구나 싶어 웃음이 났다. 고개를 끄덕이자 동생과 젤리를 먹으며 여유를 부리는 아이들과 이런저런 이야기를 했다. 옆자리에 앉은 초등학생을 둔 어느 어머님이 "어머. 엄마가 어떻게 이런 생각을 했어요?"라고 한 말 때문에 지도 요정이 엄마라는 사실을 들킨 것 같았다. 하지만 아이들은 이미 이 모험에 빠져 있었다. 지도 요정의 편지를 내 손에 절대 들게 한 적이 없었고, 가는 동안에도 편지를 닳도록 읽어보는 아이들이었다. 어느새 대화역에 가까워지고 있었다. 아이는 편지의 다음 장 글을 읽었다.

"□□역에 4번 출구를 찾아 나가세요. 4번 출구를 찾아 나온 후 뒤를 돌아서 걸으세요. '동대문 엽기떡볶이' 또는 '마을버스 정류장'을 찾으세요."

혹시 아이가 등지고 걸으라는 문구를 못 알아들을 것 같아서 '뒤를 돌아서 걸으세요.'라고 표현했지만, 이마저도 아이에게 어려울까 싶어 또 어설픈 솜씨로 약도를 그리고 화살표로 가는 방향을 그려주었다. 그리고 다음 장의 마을버스 번호 또한 더하기, 빼기를 통해 번호를 찾아가게 했다.

"마을버스 □□□ 탑승하세요. 2개의 정류장 이동 후 '킨텍스'에서 하차하세요.
킨텍스 제2전시장 9홀을 찾으세요. (거의 다 왔어요! 힘을 내요!)"

아이들은 해당 버스를 타고, 무사히 킨텍스에서 하차했다. 그리고 제2전시장 9홀을 찾았다. 마지막 관문, 해당 전시장에서 아빠를 찾는 일이었다. 마지막 장에는 행사장의 약도를 그리고 아빠가 있는 부스와 이름을 통해 찾을 수 있도록 했다. 이미 행사장은 분주한 분위기였기 때문에 아이들도 정신이 없었다. 하지만 부스 하나하나의 이름을 찾으면서 결국 아빠를 찾았다. 멀리서 아빠 하고 뛰어가는 아이들을 보니, 어렵게 아빠가 있는 곳까지 와서 더 감격스러워하는 것 같았다. 긴장감이 풀린 첫째는 아빠를 보자마자 지도 요정이 어쩌고저쩌고, 버스를 타고, 지하철을 타고, 버스를 타고, 하고 싶은 말이 얼마나 많은지 내가 끼어들 틈이 없었다. 그렇게 아이들과 지도 요정의 만남은 시작되었다. 그 이후에도 가끔 대중교통으로 자주 가지 않던 곳에 갈 때면 지도 요정이 식탁 위에 편지를 두고 간다. 아이들은 예고 없이 찾아오는 지도 요정의 편지를 설레며 기다리기도 한다.

일산처럼 긴 여정으로 갈 일이 없어서 아쉽긴 하지만, 처음 지도 요정의 편지로 갔던 모험으로 나도 아이들도 참 배우는 게 많았다. 그래서 앞으로도 지도 요정을 가끔 소환할 예정이다.

지도 요정과 떠나는 여행

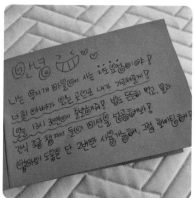
처음으로 받았던 지도 요정의 편지

지도 요정의 두 번째 편지

3

지도로 함께 놀기

"엄마 지금 어디 가?" 천안으로 가는 여행길에 아이가 물었다. 천안에 간다고 이야기했더니 "천안이 뭔데?"라고 되물어보는 아이를 보며 깨달았다. '아, 우리가 이렇게 여행을 많이 다니면서도 우리나라 지역에 대해 제대로 알려주지 않았구나.' 장황한 설명보다는 직접 보여주는 것이 좋을 것 같았다. 지도를 통해 천안이 어디에 있는지, 우리나라는 어떻게 생겼는지 알려주면 좋겠다는 생각이 들어 곧바로 국내 지도를 주문했다. 세계지도는 집에 있어서 종종 아이와 이야기를 나누곤 했는데, 정작 국내 지도를 살 생각을 못 했다니, 놓친 시간에 아쉬움이 들었다.

어릴 적 나는 세계 여러 나라에 대해 잘 알지 못했다. 관심이 없었는지, 배울 기회가 없었는지 기억이 나지 않는다. 어렴풋이 떠오르는 건, 우리 집에는 그 흔한 지구본조차 없었다는 것이다. 그저 동요 "지구는 둥그니까 자꾸 걸어 나가면, 온 세상 어린이를 다 만나고 오겠지~" 이 노래 가사로 '세계에 여러 나라 어린이들이 살고 있구나.' 정도로만 생각했다. 유일하게 할아버지가 보시던 뉴스 속에 자주 나오던 미국, 중국, 일본만 기억했던 것 같다. 그래서 해외여행도 20대 중반이 되어서야 떠날 생각을 했었다. 뒤늦게 배운 도둑질이 무서운 법이라고 했던가, 나는 해외여행의 매력에 흠뻑 빠졌다. 한 번도 안 나간 사람은 있어도, 한 번만 나간 사람은 없다는 말이 있듯이 나는 첫 해외여행을 계기로 다음 연휴 때 또 다른 해외여행을 계획하곤 했다. 유명 관광지를 돌아보지 않아도, 그 나라의 문화와 사람들의 일상을 경험하는 것만으로도 충분히 행복하고 즐거웠다. 첫째가 돌도 되지 않았을 때, 오로지 내 욕심으로 아이와 함께 해외여행을 다니기도 했다. 하지만 코로나가 터지고, 둘째까지 태어나면서 자연스럽게 해외여행을 미루게 되었다. 그렇게 잠시 해외여행에 대한 미련을 내려놓았다.

그러던 어느 날, 아이가 유치원에서 세계 여러 나라를 배우고 오면서 대화의 장이 열리기 시작했다. 그때 처음으로, 첫 해외여행 이후 샀던 지구본이 떠올랐다. 친정에 있던 지구본을 가져와 아이와 함께 지구본을 보면서 이야기를 나눴다. "엄마는 어느 나라 가봤어?", "엄마는 어느 나라 가고 싶어?", "엄마, 중국은 왜 이렇게 커?" 이런저런 질문에 답하다 보니 시간 가는 줄 몰랐다. 그러다 아이가 또 하나의 질문을 던졌다. "엄마, 이탈리아는 어땠어?" 그 말에 순간 머릿속으로 이탈리아에서의 추억이 스쳐 지나갔다.

"엄마가 이탈리아에서 일주일 동안 있었는데 너무 좋았어. 상상했던 그대로였어. 그래서 '여기서 석 달만 살아보고 싶다.'라고 생각했지. 한국에 돌아오자마자 열심히 돈을 모았어. 진짜 석 달 동안 이탈리아에서 살아보려고."

"그래서 석 달 동안 살았어?"

"아니, 그때 네가 엄마 뱃속에 있다는 걸 알게 됐어. 그래서 '나중에 가야지.' 하고 미뤘지."

"그럼 나랑 같이 가서 살면 되겠다! 그지?"

아이의 맑은 웃음에, 그때 이루지 못했던 '이탈리아에서 석 달 살기'보다 더 큰 설렘이 밀려왔다. 그때 그 석 달을 살지 못한 미련 따위는 어쩜 이 아이를 낳고 모두 하얗게 잊어버렸던 것 같다.

세계지도가 쏘아 올린 수다는 두 달 정도 아이와 여러 나라들에 대한 문화 이야기와 엄마의 여행기까지 장소에 구분 없이 이야기꽃을 피웠다. 국내 여행을 하면서도 다른 나라 이야기를 했으니, 국내 지역을 가르쳐 주는 데 안일했다는 생각이 들었다. 천안 여행을 계기로 국내 지역에 대한 이야기도 들려주기로 마음먹었다. 천안은 3·1운동을 대표하는 인물 유관순 열사가 떠오르는 곳이었다. 독립기념관도 있고, 유관순 열사가 태극기를 들고 만세를 부르며 독립운동을 했던 아우내장터도 만나볼 수 있었다. 현재는 순대 골목이 되어 저녁으로 순댓국을 먹기도 했다. 그리고 빵순이 엄마가 가고 싶던 커다란 빵 마을도 다녀왔다. 짧은 1박 2일의 천안 여행을 마치고 돌아오니, 주문했던 국내 지도가 도착해 있었다. 나는 지역 명칭과 지형이 세세하게 나온 지도 대신 도시 명칭만 적힌 빈칸 지도를 골랐다. 아이들과 그동안 다녔던 곳을 색칠하고, 앞으로 가고 싶은 곳이 어디에 있는지도 함께 보면 좋을 것 같다고 생각했기 때문이다. 택배 상자를 뜯고, 돌돌 말린 종이를 펼쳐보았다. 그런데 이게 웬걸? 나조차도 몰랐던 것들이 너무 많았다. 동생이 살고 있어 자주 갔던 속초가 이렇게 작았는지도 처음 알았고, 영월이 이렇게 길게 큰 지역이라는 것도 새롭게 알게 됐다. 매일 인터넷 지도로만 보니 가늠이 안 갔는데, 우리나라 전체 도시별로 나누어진 종이 지도를 보니 각 지역의 크기가 한눈에 들어왔다. 우리가 여행한 곳은 그 지역의 일부분이겠지만, 다녀온 곳들은 하나씩 체크해 보기 시작했다.

제일 먼저 아이는 당당하게 서울을 가리키며 "엄마, 우리 집은 여기 서울이니까 여기에 깃발 스티커를 붙이자!" 말하고는 가장 강렬한 빨간색으로 색칠하고 깃발 스티커를 붙였다. 그리고 서울에서 가까운 곳부터 색칠하기 시작했다. 워낙 서울 근교로 많이 다니다 보니 그 지역들에 대해 이야기하고, 함께 사진을 보는 것만으로도 시간이 재빠르게 흘렀다. 경기도 고양에서는 어떤 것들을 했는지 알기 위해 내 블로그에서 '고양'이라고 검색했다. 고양 어린이박물관, 현대모터스튜디오, 꽃박람회, 놀이방 찜질방, 스타필드 등 다양한 곳들이 나왔다. 사진 하나하나 보면서 추억 여행을 이어갔다. 내가 해외 여행기를 늘어놓듯 아이도 자신이 다녀온 곳들의 추억을 되짚으며, 같이 다녀온 나에게 하나씩 설명하기 시작했다. 나는 기억도 희미한데 세심한 것까지 기억하는 아이를 보면서 아이들의 기억력에 놀랐다. 고양에 뒤를 이어 의정부, 양주, 파주, 포천, 남양주, 인천, 경기도를 넘어 강원도와 충청도를 색칠했다. 많이 다녔다고 생각했는데 색칠된 곳은 그렇게 많지 않았다. 역시 우리나라도 여행할 곳이 많다는 생각이 들었다. 우리는 한동안 가고 싶은 지역을 이야기하고, 유치원의 친구가 어디 할머니 댁을 다녀왔다고 하면 그곳이 어딘지 함께 지도를 보면서 이야기를 나누곤 했다. 앞으로 이 지도를 어디까지 채울 수 있을까, 모든 칸을 색칠하는 날은 언제쯤일까, 아이와 재밌는 상상을 하면서 "다음에는 어디 가고 싶어?"라고 말하며, 오늘도 이야기꽃을 피운다.

4

여행으로만 끝나지 않기
(다녀온 곳들에 대한 놀이)

파주 국립민속박물관으로 가는 길, 현란한 도넛 모양과 알록달록한 분홍빛 간판이 아이들의 눈길을 사로잡았다. 나도 SNS에서 익히 보았던 도넛 가게였지만, 이렇게 민속박물관과 가까운 줄은 미처 몰랐다. "엄마, 저기는 도넛 파는 곳인 것 같아요! 우리 박물관 갔다가 저기 가서 도넛 먹으면 안 돼요?" 저렇게 대놓고 아이들을 유혹하는 인테리어를 보니, 나 역시 마음을 빼앗긴 상태였다. 간식 도시락을 싸 오긴 했지만, 박물관을 다녀온 뒤 도넛을 먹으러 가기로 아이들과 약속했다. 박물관 관람을 마친 후, 도넛 가게에 도착했다. 야외에는 핑크색 도넛 장식과 알록달록한 동물 모형들이 마치 동화 속에 들어온 듯한 분위기를 자아냈다. 게다가 진짜 탈 수 있는 핑크색 미끄럼틀까지! 아이들의 마음을 사로잡기에 충분했다. 예상대로, 아이들은 이미 미끄럼틀을 타느라 신이 나 있었다. 야외에서 조금 놀다가 "이제 들어가서 도넛 먹고 나와서 또 놀자."라고 이야기하고 카페

안으로 들어섰다. 실내 역시 동화 속 한 장면처럼 예쁘게 꾸며져 있었다. 회전목마와 다양한 포토존까지 갖춰져 있어 사진을 안 찍을 수 없었다. 하지만 우리의 시선을 더욱 사로잡은 건 바로 무척이나 달콤해 보이는 도넛들이었다. 아이들과 각자 도넛 하나씩 고르고, 음료도 선택한 뒤 자리를 잡았다. 아이들은 저마다 도넛을 들고 "사진 찍어주세요!"라며 포즈를 취했다. 도넛과 음료를 맛있게 먹고, 여러 포토존을 돌며 예쁘게 사진을 남긴 뒤, 다시 야외로 나와 한바탕 더 놀았다.

이후 파주 예술마을에서 시간을 보내고, 저녁까지 먹은 뒤, 집으로 돌아오는 길이었다. 나는 아이들에게 오늘 하루도 즐거웠는지, 무엇이 가장 재밌었는지 물어보았다. 아이들이 "음" 하며 잠시 생각에 잠겼고, 첫째가 먼저 입을 열었다. "나는 도넛 가게! 도넛이 너무 맛있고 재밌었어!" 그러자 둘째도 오빠의 말을 공감한다는 듯 "나도! 나도!" 하며 한 표를 던졌다. 파주 국립민속박물관이나 파주예술마을에서 갔던 키즈카페보다 도넛 가게가 더 재미있었다니, 조금 놀라웠다. 하지만 도넛 모양도 귀엽고, 눈길을 사로잡는 인테리어에 미끄럼틀 하나만으로도 신나게 노는 모습을 떠올리니, 그럴 만도 하겠다는 생각이 들었다. 그리고 그 순간 내 머릿속에 번뜩이는 아이디어가 떠올랐다.

다음 날 아침, 출근하는 아빠를 배웅한 후 아이들을 식탁으로 불러 모았다. 그리고 외쳤다. "자! 오늘은 우리가 도넛 가게를 만들어보자! 어때?" 아이들의 두 눈이 초롱초롱 반짝였다. 이 눈빛은 가장 재밌는 걸 발견했을 때 나오는 눈빛이었다. 우선 도넛 가게를 하려면 무엇이 필요할지 함께 적어보기로 했다. "가게! 도넛! 돈! 명찰(이름표)!" 아이들의 대답을 듣던 중, 직원 명찰이라는 예상치 못한 답에 내심 놀랐다. "엄마는 직원 명찰을 본 기억이 없는데? 너희는 그런 걸 언제 본 거야? 대단한데!?" 칭찬이 끝나자마자 "간판, 메뉴판, 도넛 이름표, 미끄럼틀, 컵, 그릇" 등 다양한 단어들이 쏟아졌다. 둘은 마치 경쟁하듯 하나라도 더 떠올리려는 듯했다. 아이들이 알고 있는 것들을 모두 말해 보게 했지만, 집에서 만들 수 있는 것들 위주로 추려보았다. "엄마, 근데 도넛은 어떻게 만들어요?" 아이의 질문에 서랍에 있던 클레이 박스를 꺼냈다. "클레이로 어제 갔던 도넛 가게처럼 재미있고, 예쁜 도넛 만들어보자!" 나는 아이들에게 도넛의 기본 색깔이 갈색과 하얀색을 섞은 베이지 빵 색깔이며, 그 위를 예쁘게 꾸미면 된다고 설명해 주었다. 그리고 때마침 집에 있던 커다란 택배 박스를 잘라 도넛 가게를 만들기 시작했다. 도넛을 만들면서 아이들은 "이건 똥 같다. 이건 수박 같다."라며 낄낄거렸고, 그 웃음소리는 끊이질 않았다. 다 만든 도넛을 보며 어떤 모양인지, 무슨 맛인지 하나하나 이야기를 나누었다.

"피부조아도넛, 수박도넛, 미키마우스도넛, 십자도넛" 등 저마다 재미있는 이름을 붙이며 즐거워하는 모습을 보니, 나까지 덩달아 신이 났다. 그렇게 각 도넛마다 이름표를 만들어주었고, 메뉴판도 만들기로 했다. 찍어둔 사진을 프린트로 인쇄해서 이름표와 메뉴판도 만들었다. 첫째가 삐뚤빼뚤 적어 내려간 글씨로 만들어진 이름표와 메뉴판이었지만, 아이의 어깨는 으쓱했고 표정엔 뿌듯함이 가득했다. 이제 도넛 가게를 열 준비를 해야 했다. 도넛 클레이가 굳을 동안 커다란 박스로 가게를 꾸미기로 했다. 도넛 모양의 색칠공부를 인쇄해 색칠하고, 오려서 박스에 붙였다. 그리고 각자의 이름을 뚱뚱한 글씨로 적어 오른쪽 가슴에 테이프로 붙였다. 둘이 고심 끝에 '여러 가지 도넛 가게'라는 이름도 정하고, 간판까지 만들었다. 내가 박스로 만든 도넛 가게는 단면이라 허접했지만, 도넛을 놓을 수 있는 바도 만들었다. 완성된 도넛과 이름표도 놓고, 메뉴판까지 놓고 보니 제법 그럴듯한 가게가 되었다. 엄마 혼자 손님을 하니 심심했는지, 아이들은 집에 있는 온갖 인형을 거실로 가져왔다. 소파와 거실 곳곳에 인형들을 앉혀 놓고, 도넛을 서빙하고 주문을 받으며 놀이에 푹 빠졌다. 그 모습을 보고 있자니, 정말 어제 도넛 가게에 다녀온 듯한 착각이 들었다. 아빠가 퇴근하자마자, 아이들은 현관에서부터 어제 갔던 도넛 가게 이야기와 오늘 자신들이 만든 것들을 쉴 새 없이 쏟아냈다. 얼마나 재미있었는지 말하지 않아도 느낄 수 있었다. 나 또한 아이들과 도넛 가게를 만들면서 아이들의 기억력과 기획력에 놀랐다. 아이들은 내가 생각했던 것보다 훨씬 더 많은 것을 스스로 해낼 수 있는 힘을 가지고 있었다. 엄마는 '그저 아이들이 마음껏 펼칠 수 있도록 판만 깔아주면 되는구나.' 그렇게 또 하나 배운 하루였다. 그렇게 만들어진 도넛 가게는 한 달 동안 우리 집의 놀잇감으로 자리 잡았다가 결국 재활용으로 버려졌지만, 그날의 추억만큼은 아이들에게도, 나에게도 오래도록 남을 것이라 확신한다.

　한번은 경복궁을 방문했을 때, 아이와 함께 경복궁 관련 동화책을 들고 다니며 하나하나 읽어보면서 구경했다. 집에 돌아와서도 이대로 끝내기엔 아쉬움이 남았다. 그러다 문득 초등학교 시절 커다란 전지에 스크랩을 했던 기억이 떠올랐다. 아이에게 "우리 경복궁에 다녀온 걸 정리해 볼까? 사진도 붙이고, 어떤 곳에 갔는지 큰 책을 만들어보는 거야! 어때?" 아이는 큰 책이라는 말에 솔깃한 눈치였다. 경복궁에서 찍은 사진들을 인쇄하고, 집에 큰 종이가 있나 찾아보았지만 없었다. 주변에 파는 곳은 없고, 택배를 기다리기엔 너무 길게 느껴졌다. 그렇게 고민하던 찰나 며칠 전 아울렛에서 담아온 커다란 쇼핑백이 눈에 띄었다. 양쪽 옆을 잘라 길게 펼쳐보니, 스크랩하기 딱 좋은 큰 종이가 되었다. 인쇄한 사진을 하나씩 보며 아이의 설명을 듣고, 사진을 붙이고, 그 옆에 간단한 메모를 적어나갔다. 첫째는 꾸미는 것에 자신이 없었지만, 엄마가 도와줄 테니 한번 생각나는 대로 적어보기로 했다. 아이는 수문장 아저씨를 본 것부터 근정전, 해태, 어좌, 강녕전 등 한 글자, 한 글자 써 내려갔다. 간단하게 적었지만 멋진 스크랩북이 완성되었다. 사실 나도 경복궁을 이렇게 관심 있게 본 적이 없었다. 아이와 함께 스크랩북을 만들면서 나 또한 많은 것을 배웠다. 완성된

스크랩북은 쇼핑백 손잡이 덕분에 아이 방 한쪽에 걸어 두었고, 가끔 꺼내 보며 이야기 나누는 재미도 쏠쏠했다. 그동안 열심히 찍어두었던 사진들이 빛을 발하는 순간이었다. 직접 찍은 사진으로 스크랩북이나 책을 만들다 보니, 우리의 추억이 또 다른 방식으로 저장되는 기분이 들었다.

여행을 다니다 보면, 아이들의 사진과 영상으로 핸드폰 용량이 꽉 찰 때가 많다. 그 많은 사진들 중 가끔 오래전 사진을 보면 어디서 찍은 건지 기억이 가물가물할 때도 많다. 그럼에도 그 당시의 추억과 아이의 표정을 담기에 사진과 영상만큼 좋은 기록 방식도 없다. 내가 블로그를 처음 시작한 이유도 그런 기록을 남기기 위해서였다. 하지만 블로그는 아이들이 "엄마, 저번에 갔던 곳에 뭐 있었지?"라고 물을 때, 검색 기능으로 장소를 찾기에는 좋았지만, 아이들이 직접 보며 추억 여행하기에는 어려움이 있었다. 대신 아이들은 엄마의 핸드폰 앨범을 뒤적이며, 여행 사진을 보며 둘만의 추억에 빠져 한참을 조잘거리곤 했다.

그러다 인스타그램에 영상만 노출되는 '릴스'가 생기면서, '나도 영상 한 번 올려볼까?' 하는 도전 욕구가 생겼다. 처음에는 그냥 원본 그대로 올렸지만, 나중에는 글씨도 넣고 스티커도 붙이고 음악도 삽입했다. 그렇게 하나둘 영상을 만들다 보니 제법 그럴듯한 영상이 완성되었다. 그리고 이 영상을 보고 가장 좋아한 건 다름 아닌 영상 속 주인공인 바로 아이들이었다.

사진보다 더 멋지게 음악까지 흐르는 영상을 보고 신나서 몇 번이고 돌려보았다. 영상을 만드는 번거로움은 어느새 뿌듯함으로 바뀌곤 했다. 그제야 깨달았다. 이래서 어릴 때 엄마가 내 사진을 하나하나 인화해서 앨범을 만들어놓았던 거구나 싶었다. 그때 엄마도 엄마만의 방식으로 내 추억을 간직해 주고 싶었던 것이었구나. 그 마음을 알 것 같았다. 추억을 간직하는 방법에는 여러 가지가 있다. 나도 그 많은 방법들을 하나씩 만들어가고 있다. 오래전, 엄마가 내 사진 뒤편에 짧은 메시지와 날짜를 적어두었던 것처럼, 나 역시 나만의 방법으로 아이들의 추억을 기록해 나가고 있다.

여러 가지 도넛 가게

경복궁 스크랩

5

이동 중 아이들과 할 수 있는 놀이

"애들이랑 그렇게 여행을 다니면, 애들은 차에서 뭐해?"

한때 여행을 자주 다니던 나에게 사람들이 가장 많이 했던 질문 중 하나였다. 대체로 장거리 여행을 갈 때 나는 이른 아침이나 늦은 저녁 시간대에 운전을 한다. 아이들이 자는 시간에 움직여야 그나마 아이들의 컨디션에 지장을 주지 않을 것 같았기 때문이다. 그래도 모든 여행에는 이동 시간이 존재하다 보니, 이동 중에 아이들과 대화를 나누거나 동화를 틀어준다. 그마저도 지루한 날에는 차에서 자주 하던 몇 가지 게임들이 있다. 어릴 적 즐겼던 게임뿐만 아니라, 아이들과 놀면서 자연스럽게 만들어진 게임도 있다. 운전 중이기 때문에 주로 대화로 할 수 있는 놀이를 했다.

1) 스무고개 퀴즈 맞히기

아직 글을 잘 모르는 아이들과 자주 했던 놀이 중 하나이다. 스무고개와 비슷한 게임이다. 어떠한 동물이나 사물 등에 대해서 하나씩 설명해서 맞히는 게임이다. "이것은 산에 살아요." 하는 순간 아이들이 물밀듯이 정답을 쏟아낸다. 여러 가지 정답을 말하는 아이들의 말을 모두 들어준다. 그리고 두 번째 힌트를 내어준다. "이것은 촉감이 말랑거리는 느낌이에요." 그러면 다양한 오답들이 쏟아진다. 그럼 또 세 번째 힌트를 내어준다. "이것은 땅속에서 살아요." 이런 식으로 스무고개처럼 계속 힌트를 주며 정답을 유도한다. 그리고 정답을 맞히고 나면 이번에는 아이에게 엄마한테 문제를 내보라고 한다. 그럼 아이는 어떠한 동물이나 사물 하나를 특정 지어 열심히 고심하며 문제를 낸다. 아이의 두뇌가 엄청나게 빠른 속도로 돌아가고 있는 느낌이 든다. 맞히는 것도 재밌지만, 문제를 내는 능력도 키울 수 있는 놀이라고 생각해서 지금도 아이와 가끔 하는 게임이다.

2) 어떤 방귀 소리일까

이 놀이는 아이가 글을 모를 때부터 지금까지 꾸준히 하고 있는 놀이다. 개인적으로 아이의 상상력을 자극하는 데 좋은 놀이라고 생각한다. 똥이나 방귀 같은 단어를 좋아하는 아이들에게 특히 흥미로운 소재라서, 글을 아는 지금도 가끔 외출할 때 즐긴다. 게임 방법은 간단하다. 먼저 입으로 다양한 방귀 소리를 내고, 그 소리가 어떤 방귀일지 상상하며 이야기하는 것이다. 처음에는 아이가 어려워할 수 있어 내가 먼저 예시를 들어주었다. 입방귀를 낸 뒤, "엄마가 생각했을 때, 이 방귀 소리는 며칠 동안 맛있는 음식을 잔뜩 먹고, 며칠째 응아를 못 한 코끼리 방귀 소리 같아.”라고 말하면 아이들은 박장대소하며 “코끼리 방귀 소리래! 큭큭큭” 하고 웃는다. 그러면 아이들은 돌아가면서 “나는 이거 배가 뚱뚱한 아빠 방귀 소리 같아.”, “나는 이거 고래 고기를 먹은 사냥꾼 방귀 소리 같은데?”라며 상상의 날개를 펼친다. 방귀 소리뿐만 아니라, 어떤 응아를 쌌는지까지 상상하며 이야기 나눈다. 처음에는 나만 입방귀를 냈지만, 어느 순간 아이들도 “방귀 소리 낼 테니 맞혀봐!”라고 말하기 시작했다. 각자 다른 느낌의 입방귀를 내고 서로 상상하며 이야기를 나누는 것이 놀이의 가장 큰 재미다.

3) 오토바이와 자동차 찾기

외출할 때 차 안에서 자주 하는 또 다른 놀이는 숨은그림찾기에서 착안한 것이다. 대체로 뒷좌석 양쪽을 볼 수 있는 아이 둘이 한 팀이 되고, 앞자리를 온전히 볼 수 있는 나는 혼자 팀이다. 게임 방식은 간단하다. 특정 미션 주제를 정하고, 먼저 찾는 팀이 승리하는 것이다. 예를 들어, “빨간색이 있는 오토바이 먼저 찾기”, “숫자 2 들어간 버스 먼저 찾기”, “오토바이 10분 동안 누가 더 많이 찾나 시합하기” 이렇게 다양한 방식으로 응용하여 여러 번 게임을 진행할 수 있다. 장거리에서는 “빨주노초파남보 자동차 찾아보기” 같은 게임을 하는데, 찾는 데 시간이 오래 걸려 장거리 이동에 적합하다. 무지개색 자동차를 찾는 게 어려워 파란색과 남색을 하나로 통일하고, 보라색을 제외하기도 하지만, 흔히 볼 수 없는 색깔의 자동차를 찾았을 때의 그 쾌감은 이루 말할 수 없다. 이 단순한 놀이가 아이들에게 집중력을 키워주고, 이동 시간을 즐겁게 만들어주는 좋은 방법이 되어주기도 했다.

- 특정 색 자동차 먼저 찾기
- 특정 숫자 버스 먼저 찾기
- 10분 동안 누가 더 오토바이 많이 찾나 시합하기
- 무지개색 자동차 찾기

4) 끝말잇기와 말 잇기

가장 보편적으로 많이 하는 게임 중 하나는 바로 어릴 때 많이 하던 '끝말잇기'이다. 옛날과 방법이 똑같다. 아이가 어릴 땐 제한 없이 많이 말할 수 있도록 하는 게 목표이다. 왜냐하면 자신이 아는 단어를 가능한 한 가장 많이 있는 힘껏 생각해서 말하기 때문이다. 그리고 이 끝말잇기가 조금 시시해질 때쯤부터는 약간의 조건들이 따라붙는다. 두 글자로 된 단어로만 끝말잇기 같은 형식으로 점점 하나씩 단계별로 올라가면서 게임을 했다. 그리고 한 단계 더 나아가서 단어가 아닌 문장으로 표현하기를 해보았다. "엄마는 너를 정말 많이 사랑해.", "해는 아침에 둥글게 떠요.", "요구르트 아줌마~ 요구르트 주세요. 요구르트 없으면 야쿠르트 주세요." 이런 식으로 게임을 응용해서 즐겼다.

- 기본적인 끝말잇기

– 두 글자로만 말하기 또는 세 글자 단어로만 말하기

– 문장으로 연결하기

5) 초성 게임

아이가 글씨를 알게 된 다음부터는 글자를 이용한 게임들을 많이 할 수 있게 되었다. 그중 가장 많이 하는 놀이가 바로 초성 게임이다. 우리가 흔히 하는 'ㄱㄱㄹ' 이렇게 자음만 말하고, 동물이라는 힌트만 주고 맞히는 게 초성 게임의 기본이지만, 어린아이들에게는 조금 어려울 것 같아서, 나만의 방식으로 바꾸었다.

– 'ㄱ'으로만 시작하는 단어 말하기!

– '가'로 시작하는 단어 말하기!

– 'ㅇㅇ' 자음으로 시작하는 두 글자 단어 말하기!

– 그 이후에는 동물이라는 것 알려주고, 자음 말하고 맞히기!

처음에는 생각하고, 많은 단어들을 함께 말할 수 있도록 해주고, 그 이후에는 기본적으로 우리가 알고 있는 초성 게임 방식으로 진행했다.

6) 찾기 게임

대체로 운전을 하다 보니, 창밖에 무언가를 보는 찾기 게임들을 많이 한다. 앞에 말했던 자동차 찾기 게임도 그중 하나인데, 그걸 응용해서 만들기 시작한 게 바로 지나가는 간판들을 이용한 게임이다. 고속도로나 차가 많은 곳에서는 자동차 찾기 게임을 많이 하지만, 시내 같은 곳을 지날 때는 간판을 이용한 찾기 게임을 자주 한다. '병원 찾기 게임' 같은 경우, 아이와 먼저 대화로 "병원에는 어떤 병원들이 있을까?"라는 질문으로 대화를 시작한다. '치과, 안과, 소아과, 정형외과, 이비후인과 등' 다양한 병원의 종류를 이야기하며, 각 병원이 어떤 증상일 때 가는 곳인지도 함께 이야기 나눈다. 이렇게 대화를 나누다 보면, 목적지에 더 빠르게 도착하는 것 같은 기분까지 든다. 그렇게 이야기를 나누며 병원 찾기 게임을 한다. "엄마, 저기 치과 있어!", "엄마, 저기 안과 있어!" 이런 식으로 아이들과 병원을 찾아보는데, 가끔 병원 표시는 보이지만 아이들에게 생소한 산부인과나 성형외과가 나오면, 어떤 병원인지 설명하며 시간을 보냈다. 이와 비슷하게 '간판에서 모르는 단어 찾기' 게임을 하면, 아이는 평소에 자주 보지만 잘 이해하지 못했던 단어들을 물어본다. 예를 들어 '부동산, 한증막, 검문소, 대출' 같은 단어들을 물어볼 때면, 아이에게 어떻게 쉽게 설명해줄지 고민하느라 머릿속이 바빠진다. 하지만 아이의 궁금증을 채워줄 수 있음에 그저 감사했다. 가끔 정말 설명하기 어려운 단어가 나오면 "이건 나중에 다시 찾아보자!" 하고 넘어갈 때도 있지만, 한 번이라도 읽어본 단어라면 나중에 더 친숙하게 받아들일 수 있지 않을까 생각한다.

6

여행 지원금, 알뜰하게 여행하기

"요즘에는 애들이랑 1박으로 어디 여행만 가도 기본 50만 원은 그냥 쓰는 것 같아."

유치원 행사로 모인 엄마들과의 모임에서 나온 대화였다. 생각해 보니 정말 그랬다. 성수기도 아닌 주말 기준으로 아이들과 1박 2일 여행만 가도, 4인 기준 숙박비 기본 20만 원, 물놀이 입장료나 체험 활동비 같은 것 10만~20만 원, 하루 세끼 밥과 간식값에 기름값까지 더하면 정말 그 정도가 되었다. 엄마들 사이에서 나름 아이와 여행을 자주 다니는 나에게 시선이 몰렸다. "아, 저는 당일치기로 많이 다니는 것 같아요."라고 둘러대며 시선을 돌렸다. 정말 당일치기로 여행을 많이 다니는 편이었다. 서울 근교나 가까운 충청도 지역은 이른 아침에 출발해 저녁에 돌아오는 당일치기 코스로 자주 다녔다. 숙소에 대한 욕심이 없어서 침구만 깨끗하면 충분했고, 잠만 자고 올 예정이라 가성비 좋은 숙소를 찾아다녔다. 하지만 내가 좀 더 알뜰하게 여행할 수 있었던 이유는 바로 블로그를 운영하고 있기 때문이었다. 블로그나 SNS를 활용하면 여행 비용을 조금 더 절약할 수 있는 다양한 방법이 있다.

인스타그램을 보다가 우연히 뜬 광고 피드 하나가 있었다. '여행 지원금'이었다. 처음 내가 알게 된 여행 지원금은 '여행 로그'의 광고였다. 여행 로그는 인공지능 AI 데이터 수집을 위해서 국내 여행을 다니는 여행자들의 GPS 정보와 구매 기록, 여행지 정보 등을 앱에 기록하고, 그에 대한 여행 지원금을 제공해 주는 시스템이었다. GPS가 끊어지지 않게 핸드폰이 항상 켜져 있어야 하고, 여행지에서 가는 모든 식당과 관광지 사진을 10장 이상 찍어야 해서 번거로웠다. 하지만 블로그를 운영하는 입장에서는 당연히 찍어야 하는 사진이었기 때문에 어렵지 않았다. 당일치기 68,000원, 1박 2일 128,000원, 2박 3일은 216,000원이 지급되었다. 팀별로 1명만 지원이 가능하기 때문에 우리 가족은 2박 3일 지원으로 20만 원 조금 넘는 금액을 환급받았다. 생각해 보면 2박 3일에 너무 적은 금액 아닌가 싶기도 하지만, 어차피 여행을 가는 입장에서는 지원금을 받아 여행할 수 있어 좋았던 기억이 있다. 그게 나와 여행 지원금의 첫 만남이었다.

그 이후로 수시로 검색 사이트에서 여행 지원금을 검색해 보았다. 코로나가 잠잠해지는 시점에서는 국내 각 지역단체들에서 관광사업에 투자하기 시작했다. 짧게는 2박 3일, 길게는 14박 15일까지 해당 지역을 여행하면서 여행 지원금을 받을 수 있었다. 물론 지원한다고 모두가 받을 수 있지 않고, 지원자들 중에 정해진 인원만큼 선발되어 지원금을 받을 수 있었다. 그리고 각 지역별로 조건부가 다르고, 지원금과 지원 내역이 다르니 공고문을 꼼꼼히 읽어보고 지원해야 했다.

1) 대부분 연초에 공고문이 올라온다.

(미리 확인하고 여행 계획을 짜면 좋다.)

2) 지역별로 여행 인원에 따라 숙박비, 체험 활동비, 식비 각 지원금이 다르며, 대부분 대표자 포함 최대 4인까지 지원된다.

(예시) 여행 지원금 기준

구분	1인	2인	3인	4인
숙박비	1박 * 5만 원	1박 * 8만 원	1박 * 10만 원	1박 * 12만 원
체험비	1일 * 1만 원	1일 * 2만 원	1일 * 3만 원	1일 * 4만 원
최대 지원금	37만 원	62만 원	81만 원	100만 원

3) 여행 계획서는 각 지역에서 말하는 선발 기준에 맞춰 작성해야 선발될 가능성이 크다.

(예시) 여행 지원금 선발 기준은 지역마다 다르다.

항 목	세 부 항 목
지원 동기(30%)	√ 지원 동기의 적절성 및 참신성 √ 지역 특징 등 이해도 및 여행 의지 등
여행 계획(30%)	√ 여행 계획서 내용의 충실성 √ 여행 일정의 구체성 등
홍보 계획(40%)	√ 홍보 방법의 구체성 √ SNS 팔로우 수 등을 감안한 홍보 효과성 등

4) 여행 지원금 조건에 SNS가 필수다. 블로그나 인스타그램, 유튜브 중

하나라도 운영해야 한다.

그리고 각 지역별로 SNS 후기 작성 기준이 상이하다.

(예시) 여행 지원금 SNS 후기 작성 기준

SNS 매체	팀별 게시물 수	인정 기준
긴 영상 (유튜브)	1건	7분 이상
짧은 영상 (쇼츠, 릴스, 틱톡)	일당 1건 이상	50초~1분 내외
스토리형 블로그	3~4일 체류 시 : 2건 이상 5일 이상 체류 시 : 3건 이상	사진 10매 이상, 동영상 1개 이상
사진 게시형 (인스타그램, 페이스북)	일당 1건 이상	사진 5매 이상

5) SNS는 포트폴리오와 같다. 미리 여행 후기는 이런 식으로 올리겠다는 콘텐츠들이 있으면 뽑힐 가능성이 높다.

6) 나는 '아이와 여행'이라는 컨셉을 주제를 담아 지원했다. 컨셉이 명확하면 더 유리하다.

7) 여행 다녀온 후, 대체로 14일 이내에 SNS에 후기 작성 기준에 맞는 콘텐츠를 올리고, 결과 보고서를 작성하여 제출해야 한다.

8) 제출 후 확인이 완료되면, 익월 말쯤 여행 지원금을 입금받을 수 있다.

여행 지원금은 각 지역별로 1년에 한 번만 받을 수 있으며, 1회만 신청 가능하다. 따라서 작년에 여행 지원금을 받은 지역이라면, 올해는 지원해도 선발되지 않아 받을 수 없다. 처음 2박 3일 일정으로 여행 지원금을 받아 여행했지만, 아쉬운 마음에 다음 해에는 7박 8일 일정으로 지원하고 싶었다. 그러나 자격 요건상 1회만 지원이 가능해 추가 지원을 받을 수 없었다. 1박 2일처럼 짧은 여행보다 긴 여행 일정에 여행 지원금을 활용하면, 더욱 알뜰하게 여행을 다녀올 수 있다. 물론 여행 후기를 작성하고 결과 보고서까지 제출해야 하는 번거로움이 있지만, 하루에 적게는 10만 원에서 많게는 20만 원 가까이 지원금을 받을 수 있어 생각보다 여유로운 여행을 즐길 수 있다.

7

체험단, 식비를 아껴요

블로그의 방문자 수가 한창 높았을 때, 체험단, 협찬 같은 쪽지와 메일이 몰아쳤다. 처음에는 "우와! 나도 이런 걸 무료로 제공받을 수 있다고?" 하면서 맛집, 카페, 아이들 체험까지 멀지 않은 곳들은 체험을 제공받아 후기를 쓰곤 했다. 체험단으로 남편과 브런치를 먹기도 하고, 친구들을 만나기도 했다. 그게 돈을 버는 일이라고 생각했었다. 왜냐하면 어차피 식비나가는 건데, 나는 후기를 써주고 제품을 제공받으니 돈을 아끼는 일이라고 생각했다. 하지만 내 시간을 쓰고, 언제 어디를 방문할지 체크하고, 제품을 제공받고 다녀와서 리뷰를 써야 하는 작업에 내가 지금 부질없는 곳에 시간을 쓰고 있는 게 아닌가 싶었다. 그 이후에는 의미 없는 체험과 정말 나에게 필요한 체험을 구분하기 시작했다.

어느새 연휴가 다가오고 있었다. 아이들과 어디로든 떠나야겠다고 생각했다. 열심히 신청한 여행 지원금에 선발되어 숙박비와 체험비는 해결되었지만, 식비는 어떻게 하면 줄일 수 있을까 잠시 고민에 빠졌다. 처음에는 서울 지역 외에서 체험단을 이용한 적이 없어서, 익숙한 체험단 사이트들을 둘러보기 시작했다. 의외로 서울과 수도권뿐만 아니라 다양한 지역에서도 많은 체험단 [6]캠페인이 진행되고 있었다. 해당 지역을 검색하고, 캠페인들 중에서 아이들과 함께 가볼 만한 식당들로 선정했다. 돼지갈비, 쌀국수, 돈가스처럼 아이들이 먹을 수 있는 재료들이 주가 되는 식당들로 알아보았다. 체험 가능한 날짜와 내 여행 날짜가 맞는지 확인했다. 그리고 지도 검색 후 내가 계획한 여행 동선과 맞는지 체크하고 신청했다. 보통 2박 3일 기준 5~6개 정도 신청하면 대게 3~4개 정도는 선정되었다. 물론 내 블로그가 어느 정도 정돈된 상태였기 때문에 가능했다. 체험 사이트 담당자들이 '이 블로거가 식당 리뷰를 올리면 이런 느낌이겠구나.' 하고 판단한 뒤 선정하기 때문이다. 식당을 선택한 후에는 혹시 몰라 카페도 살펴보았다. 카페에 갈 확률은 낮았지만, 아이들과 간식을 먹으러 들를 만한 베이커리 카페나 예스 키즈존 위주의 카페에서 진행하는 캠페인이 있는지 찾아봤다. 그리고 이동 경로와 맞으면 신청했다. 요즘에는 밥값보다 카페에서 값이 더 많이 나오는데, 선정되면 분위기 좋은 카페에서 잠시 아이들과 여유롭게 쉬어갈 수 있었다. 대부분 선정된 식당 캠페인은 이른 저녁 식사로 진행했고, 카페는 아이들 간식 시간대에 맞춰서 사용했다. 또한, 체험단 신청할 때 아이들과 방문할 예정이라고 메모를 남길 수 있는 경우라면, 반드시 작성한 후 신청했다. 서울과 달리 지방에는 놀이방이 있는 식당들도 많아 아이와 방문한다고 하면 대체로 호의적인 반응을 얻을 수 있었다.

이런 방법을 활용하면, 아이 둘과 어른 한 명 기준 하루에 적게는 3만 원에서 많게는 8만~10만 원대까지 식비를 절약하며 여행할 수 있었다. 또한 여행 마지막 날 동선이 맞는다면, 키즈카페 같은 곳도 함께 신청해 여행의 피날레를 그곳에서 마무리하곤 했다. 물론 대략적인 시간대까지 고려해 여행 계획을 세워야 하는 번거로움이 있지만, 이런 과정도 또 다른 재미라면 재미였다. 체험단을 잘 활용하면, 여행을 더욱 알차게 즐길 수 있는 좋은 기회가 된다.

함께 보면 좋은 꿀팁

개인적으로 잘 선정된다 생각하는 체험단 사이트
- 디너의여왕 https://dinnerqueen.net/
- 레뷰 https://www.revu.net/
- 서울오빠 https://www.seoulouba.co.kr/
- 강남맛집체험단 https://xn—939au0g4vj8sq.net/
- 핫블 (당일 예약 가능) https://hotble.co.kr/
- 모두의체험단 https://www.modan.kr/
- 슈퍼멤버스(앱) : 예약 없이 블로그 등급에 따라 지원 금액이 다르다.

---

6 체험단에서 체험할 수 있는 업체들의 정보를 캠페인이라고 합니다.

8

서포터즈, 여행의 또 다른 재미!

블로그 활동을 하다 보면, 프로필에 서포터즈나 기자단 같은 다양한 이력을 적어놓은 사람들을 볼 수 있었다. 그런 것들을 어떻게 하는지도 몰랐고, 내가 할 수 있는 일인지도 몰랐다. 블로그에 무료함을 느낄 때쯤 우연히 '라이트룸 서울 서포터즈' 모집 광고를 보았다. 솔직히 될 거라는 생각 없이 그냥 지원했다. 며칠 뒤 선정되었다는 연락이 왔지만, 대학생들만 참여하는 활동에 괜히 참여한 것 같다는 생각이 들었다. 그때 "그래도 하고 싶으면 한번 갔다 와봐."라고 말하는 남편의 말에 '그래, 뭐 발대식 갔다 와서 아니다 싶으면 안 하면 되지.'라는 심정으로 처음 서포터즈 발대식이라는 곳에 참석했다. 생각보다 대학생이라기보다 20~30대 다양한 직업군의 사람들이 모였고, 그게 나의 첫 서포터즈 활동이 되었다. 처음이라 열심히 한 덕분인지 우수 서포터즈로 선정되어 소정의 상품과 상장도 받았다. 엄마가 되고 처음 받은 상장이어서인지 묘한 뿌듯함이 들었다.

그렇게 시작된 서포터즈 활동은 나에게 또 다른 도전까지 하게 만들었다. 바로 서울시 관광 홍보단 서포터즈였다. 첫 번째 도전이 그렇게 어렵지 않게 선정되자, 두 번째 서류도 나를 표현할 수 있는 만큼만 작성해서 냈던 걸로 기억한다. 사실 기억이 나지 않을 만큼 문답에 재빠르게 대답하고 서류 제출을 했던 것 같다. 며칠 후 1차 서류 합격 통보와 함께 면접 안내 문자가 왔다. 면접까지 있는 줄 모르고 가볍게 썼던 서류였다. 거의 15년 만에 보는 면접이라 굳이 면접까지 보면서 이걸 해야 하나 잠시 고민했다. 고민도 잠시 괜한 설렘에 마음이 떨렸다. '그래. 뭐 안 되면 말고.'라는 심정으로 도전해 보기로 했다. 첫 직장 면접 볼 때보다 떨렸다. 그때보다 지금의 나란 존재에 자신감이 없어서인 걸까, 아님 안 되면 말고라는 생각보다 되고 싶은 마음이 커서인 걸까, 마음이 복잡했다. 그렇게 고민하다 면접 하루 전날 인터넷 포털 사이트에 이전 서울 홍보단 서포터즈 면접 예상 질문들을 찾아보았다. 대체로 자기소개와 운영하고 있는 SNS 방문자 수, 가장 많이 노출된 콘텐츠에 대한 질문들이 많았다. 자기소개를 준비하려고 보니 언제나 그랬듯 '두 아이와 일상을 여행하는 엄마'라는 수식어 외에 생각이 나질 않았다. 어차피 과거의 이력이 지금 블로그 활동과 어떠한 연관도 없을 것이라 생각했기 때문에 이전 이력들에 대한 언급은 불필요하다 생각했다. 그리고 운영하고 있는 SNS 방문자 수와 최대 노출된 콘텐츠를 미리 알아보고, 잠이 오지 않아 밤새 내 SNS를 이리저리 둘러보다 잠이 들었다.

면접 날 아침은 여느 때와 다름이 없었다. 남편을 출근시키고, 아이들을 등원시키고, 나도 씻고 준비하고 집을 나섰다. 평소와 다르게 차를 두고, 지하철을 타고 가면서 출근했을 때 기분이 들어 20대로 돌아간 기분을 살짝 느꼈다. 남영역에 도착해서 면접장으로 향했다. 시간대별로 하는 면접이라 사람은 많지 않았지만, 외국인들도 있고, 힙한 패션의 젊은 친구들도 있었다. '나 같은 아줌마가 껴도 되는 걸까?' 주눅까진 아니지만, 내 눈동자는 이미 흔들리고 있었다. 내 이름이 호명되고, 나를 포함해 3명의 면접자가 같은 시간대 면접을 보게 되었다. 면접장에 들어서니 5명의 면접관이 대기하고 있었고, 우리는 순서대로 자리에 앉았다. '오, 꽤 설레는데?' 마음이 쿵쾅거렸다. 다행히 내 순서는 마지막이었고, 첫 번째 면접자부터 자기소개를 시작했다. 자리를 박차고 일어나서 웅변하듯 외운 멘트를 당차게 줄줄이 해 나가는 패기 있는 대학생의 자기소개를 들으며 패닉 상태에 빠졌다. 두 번째 면접자의 자기소개는 하나도 들리지 않았다. 어느새 내 차례가 왔다. 나는 솔직한 마음을 담아 자기소개를 이어갔다.

"이런 경험이 처음이라 이렇게 자기소개를 준비하는지 몰라 준비가 미흡했습니다. 저는 10년 차 직장인에서 두 아이를 가지고 퇴사하면서, 아이와 일상을 여행하는 엄마입니다. 아이들과 가볼 만한 곳들 위주로 여행을 다니면서 기록하고자 만든 블로그와 인스타그램 덕분에 이렇게 좋은 기회를 얻을 수 있었던 것 같습니다. 이번 서울 홍보단 서포터즈로 활동하게 된다면, 더 많은 사람들에게 서울에 아이와 가볼 만한 숨은 곳들을 널리 알릴 수 있는 기회라고 생각합니다. 감사합니다."

심장이 요동쳤지만, 자기소개는 잘 끝낸 것 같아 마음이 놓였다. 그리고 질문들은 예상했던 블로그와 인스타그램 팔로워 수와 인기 글에 대한 질문을 시작으로 서울 여행지에 대한 질문과 기후 동행 카드 마케팅 관련 질문들이 이어졌다. 다행히 마케팅 관련 질문들은 그동안 재밌는 발상을 했던 적이 많아서 어렵지 않게 대답할 수 있었다. 면접을 보고 나오면서 오랜만에 느껴보는 떨림은 쉽게 가라앉지 않았다. 이 흥분을 주체할 수 없어 친구에게 전화를 걸었다. 1시간 가까이 되는 시간 동안 면접 이야기에 빠져 남영역에서 명동까지 걸으면서 흥분을 가라앉혔다. 친구와 통화를 마치고 이 떨림이 새로운 도전을 향한 설렘이었다는 것을 알았다. 엄마이기에 주춤했던 그 어떤 이유들이 사라지는 걸 느끼고 나니 합격이 되든 안되든 면접 보길 정말 잘했다는 생각이 들었다.

며칠 후 합격 통보 문자를 받았다. '서울 홍보단 서포터즈로 선정되신 것을 축하합니다.' 면접 때의 떨림만큼 큰 기쁨은 아니었지만, '재미있겠다!'라는 설렘이 머릿속을 가득 채웠다. 발대식에 참석해 앞으로의 서울 홍보단 활동과 지원 사항에 대한 설명을 들었고, 팀 미션에 대한 이야기도 나누었다. 서울 축제와 가볼 만한 곳을 SNS에 포스팅하면 소정의 활동비가 지급된다는 점을 알게 되었다. 활동 기간 내에 지급 한도가 정해져 있어 무제한으로 받을 수는 없지만, 나에게는 충분히 매력적인 기회였다. 어차피 아이들과 서울 곳곳을 다니며 블로그에 기록하는 것이 일상이었는데, 활동비까지 받을 수 있다니 그저 감사할 따름이었다. 또한, 다른 서포터즈들의 활동을 보며 좋은 아이디어도 얻을 수 있었다. 영상과 글을 쓰는 사람으로 배울 점도 많았다. 결국 새로운 도전은 성공하든 실패하든 무언가를 얻게 해주는 것 같다. 만약 그때 내가 아이 엄마라는 이유로 걱정하고 면접을 포기했다면, 이런 좋은 기회를 놓쳤을지도 모른다. 나의 도전으로 인해 아이들과 함께하는 일상이 더욱 풍요로워진 것은 분명했다.

2.

함께하는 여행에
프로가 되려면?

1

차 안에 구비하면 좋은 것

첫째가 어릴 때, 유모차, 카시트도 타지 않는 아이여서 아기를 항상 아기띠에 안고 다녔다. 그리고 커다란 가방에 기저귀 여섯 개, 물티슈 하나, 손수건 세 개, 여벌 옷 한 벌, 아기 양말 한 켤레, 아이 간식까지 챙겨 다녔다. 그나마 모유 수유 중이라 젖병과 분유를 준비하지 않아도 되는 게 다행이었다. 아이를 낳고 외출할 때 준비하는 물건은 대부분 아이용품이었다. 늘 들고 다니던 화장품 파우치나 이어폰 같은 건 아이와 함께하는 외출에서는 무용지물이었다. 어차피 내 품에 안긴 아기와 이야기를 나누며 걷다 보면 이어폰은 필요 없었고, 아이와 볼을 맞대다 보니 화장품도 쓸 일이 없었다. 솔직히 길에서 작은 가방 하나만 가볍게 들고 다니는 아가씨들을 보면, '나도 저랬을 때가 있었는데…' 하며 그때가 그립기도 했다. 하지만 금세 "괜찮아. 그 어떤 비싼 명품 백을 몇백 개, 몇천 개 준대도 바꿀 수 없는 마이베이비백(내 아기)이 있으니…." 하면서 아기띠에 매달린 아이의 엉덩이 몇 번 두드리면 그리움도 사라졌다. 그러다 아기가 10개월쯤 되니 차를 타도 울지 않게 되었고, 나는 다시 운전대를 잡을 수 있었다. 아이들이 어릴 땐 기저귀, 손수건 등 외출할 때마다 챙겨야 하는 것들이 대부분이었다. 하지만 아이가 크면서 차에 두고 다닐 수 있는 물건들이 점점 늘어나 편리해졌다. 물론 트렁크에 아무것도 없이 깔끔한 차를 보면 부럽기도 했다. 그럼에도 아이들과 하는 외출을 좀 더 여유롭게 즐길 수 있는 건 차곡차곡 정리된 내 트렁크의 속 물건들 덕분이 아닐까 싶다.

1) 휴대용 칫솔 치약

그중 첫 번째 필수품은 바로 휴대용 칫솔과 치약이다. 주변 엄마들이 내가 차에서 칫솔과 치약을 꺼낼 때 가장 놀랐다. "아니 그런 것도 가지고 다녀요?" 하지만 차를 타고 다니면서 내가 가장 먼저 준비한 것이 바로 휴대용 칫솔통이었다. 어디서든 양치할 때 입을 헹구기 편리했고, 칫솔과 치약을 넣어두기에도 충분한 크기여서 늘 구비해 두었다. 또한 젖은 칫솔에는 세균이 번식할 수 있기 때문에 항상 사용 후에는 차 안에서 뚜껑을 열어놓고 건조시켰다. 그리고 일주일에 한 번 정도는 칫솔을 집으로 가져가 살균기에 넣어 깨끗하게 관리했다. 이렇게 칫솔과 치약을 차에 준비해 두니 예상치 못한 상황에서 유용했다. 가끔 할아버지, 할머니 댁이나 친구 집에서 늦게까지 놀다가 씻을 때도, 차에 칫솔이 있으니 양치까지 마치고 집으로 돌아올 수 있었다. 덕분에 차 안에서 잠이 들어도 입속이 찝찝할 일이 없었다.

2) 아이용 크림과 바디클렌저

다음은 예상했겠지만, 칫솔, 치약과 함께 차에 또 구비하는 것은 바로 아이들 크림과 바디클렌저이다. 바디클렌저는 쓸 일이 거의 없지만, 급여행을 가게 되거나 놀러 갔을 때 아이용 바디클렌저가 없을 경우를 대비해서 미니 사이즈로 하나 챙겨 다닌다. 바디클렌저는 아이들 먹는 약통에 넣어 다니고, 크림은 아이들 세수만 하고도 자주 사용해서 본품 사이즈로 가지고 다닌다. 가끔 급하게 여행 갈 때면 우리 가족 칫솔과 크림, 바디클렌저가 있으니 씻는 건 문제없다 생각하며 여행을 떠난다.

3) 여벌 옷

여름이 되면 차에 빠질 수 없는 게 하나 있다. 바로 여벌 옷이다. 여름에 외출할 때 물놀이할 수 있는 분수대 물놀이터를 자주 만난다. 그럴 때 내가 예상하지 않았던 곳에서 아이들이 들어가고 싶을 때, 실망하지 않고 놀 수 있도록 준비한 것 중 하나다. 첫째는 그런 곳들을 마주할 때마다 "엄마, 우리 옷 있어?"라고 물어본다. 그냥 보자마자 여벌 옷 여부와 상관없이 신나서 들어갈 법도 한데, 항상 그렇게 먼저 물어본다. 그 마음이 예뻐서 아이들이 원할 때 놀게 해주고 싶어서 항상 차에 여벌 옷을 준비해 둔다. 첫째의 물음에 고개를 끄덕이면, 아이는 "그럼 놀아도 돼?"라고 물어보는데 "그럼 되지!" 말해 주면 아이들은 엄청 신나서 그대로 돌진한다. 그때 그 표정과 신나 하는 모습이 보고 싶어서라도 젖은 옷을 빨면서 또 여벌 옷을 챙긴다. 여벌 옷은 대체로 비닐에 한 번 싼 뒤, 파우치 같은 곳에 챙긴다. 그럼 젖은 옷을 비닐에 챙겨오기가 쉽다. 처음에는 PVC 같은 파우치에 챙겨보았는데, 특유의 고무 냄새가 있어 차에 계속 두기에는 조금 꺼림칙했다. 그리고 여름이 아닌 겨울에도 혹시 몰라서 여벌 내의와 속옷 하나씩은 챙겨두는 편이다. 정말 혹시 모를 일을 대비해 챙겨두었더니, 한겨울 썰매 타러 갔다가 갑자기 찜질방을 가게 되었을 때, 아주 유용하게 사용했다.

4) 모래 놀이 장난감

트렁크 한구석에 항상 빠지지 않고 있는 것이 하나 있는데 바로 모래 놀이 장난감이다. 자주 사용하지 않지만, 그럼에도 불구하고 가지고 다니는 이유는 활용도가 높기 때문이다. 아이들과 바닷가에 가서 모래 놀이를 할 때도 유용하고, 숲에 가서 모래 놀이할 때도 유용하다. 거기에 우리는 가끔 여행 간 숙소에 욕조가 있으면, 모래 놀이 장난감을 일회용 타월과 세제로 깨끗이 닦아서 아이들 욕조에 넣어준다. 사실 물놀이에 플라스틱 컵 하나만 주어도 잘 노는 아이들이지만, 거기에 모래 놀이 장난감까지 더 하면 물놀이는 더 풍족해진다. 그래서 차 트렁크 한구석에 잘 챙겨놓는다.

5) 물

트렁크 한구석에 또 빠지지 않고 챙겨두는 것이 있는데, 그것은 바로 물이다. 300ml 또는 500ml짜리 물을 한 묶음씩 사서 트렁크에 놓는 편이다. 원래는 아이들도 외출할 때 각자 텀블러에 물을 가지고 다니는 편이지만, 텀블러에 있는 물을 다 먹었거나 장거리 외출일 경우 차에 물을 구비해 두면 마음이 편하다. "엄마, 목말라."라는 말에 물 살 곳을 찾을 걱정은 없으니 말이다. 가끔 아이 친구들 중에 우리 차를 탔는데, 목말라하는 친구가 있어 트렁크에서 물을 꺼냈더니 엄마들의 감탄 소리가 나왔다. 그 후론 주변의 엄마들도 트렁크에 물을 가지고 다니는 엄마들이 늘었다. 정말 물 하나 쟁여놓으면 외출 시에 뛰어놀고, 편의점이 없어도 트렁크를 열면 물이 있으니 세상 마음이 든든하다.

6) 드로잉패드 전자노트

차에 아이들이 놀 만한 장난감을 가지고 다니는 엄마들이 많은데, 우리 아이들은 대체로 이거 하나면 잘 놀았다. 바로 드로잉패드 전자노트다. 원래는 카시트 트레이에 종이와 색연필을 놓아주곤 했지만, 움직이는 차 안에서는 원하는 대로 그림을 그리거나 글씨를 쓰기 어려웠다. 그래서 바로 쓰고 지울 수 있는 드로잉패드 전자노트를 생각하게 되었다. 그리고 카시트 트레이가 없이도 놀 수 있어 짐을 줄일 수 있어서 좋기도 했다. 원래는 아이들 볼 책과 놀잇감들을 한 박스에 넣어두고, 카시트 아래쪽에 두고 사용했는데, 막상 박스에 있으니 잘 보지 않았다. 그리고 흔들리는 차에서 책을 보는 것 자체가 멀미도 일으킬 수 있어서 아이가 조금 큰 뒤에는 바로 앞자리 뒤편 주머니에 넣었다 뺐다 할 수 있는 드로잉패드만 딱 꽂아두었다. 아빠와 함께 가는 여행에서는 조수석에 앉아서 내가 아이들과 드로잉패드로 게임도 제시하고, 더하기, 빼기도 해주고, 글씨 따라 하기 등 다양한 미션을 놀이처럼 하면서 놀았다.

7) 초경량 캠핑 의자와 미니 테이블

이것들은 필수품은 아니지만, 차에 늘 구비해 두고 여행지에서 자주 활용하는 물건이다. 가족마다 외출 장소와 취향에 따라 다르겠지만, 우리 가족은 공원이나 여행지에서 유용하게 사용한다. 한번은 이름 모를 울산 바닷가에 들른 적이 있다. 바다를 좋아하는 남편과 함께 바람을 쐬러 갔는데 주차장 앞 바닷가에 많은 가족들이 테이블을 펴고 [7]캠프닉을 즐기고 있었다. 우리도 자연스럽게 트렁크에 있는 의자와 테이블을 꺼내 자리를 잡았다. 아이들은 모래 놀이 장난감으로 신나게 놀았고, 우리는 캠핑 의자에 앉아 바다를 감상하며 커피를 마셨다. 아이들과 함께 파도 소리에 귀 기울이다 보니 어느새 저녁 시간이 되었다. 정리하고 식당에 가서 밥을 먹을까 했지만, 분위기에 취해 배달 음식을 주문해 먹기로 했다. 그때 트렁크에 의자와 테이블이 없었다면, 바다를 바로 앞에 두고, 여유롭게 저녁 식사를 즐길 수 있었을까 싶다. 언제 또 만날지 모를 아름다운 경치를 벗 삼아 쉬기 위해, 우리는 늘 트렁크에 의자와 테이블을 구비해 둔다.

---

[7] 캠프닉(Campnic)은 캠핑(Camping) + 피크닉(Picnic)의 합성어. 캠핑처럼 야외에서 시간을 보내지만, 피크닉처럼 가볍고 간편하게 즐기는 활동을 의미합니다.

사실 이외에도 아이들을 위해 필요한 걸 말하라고 하면 한도 끝도 없다. 하지만 앞에서 말한 것들은 모두 내 트렁크에 현재 있는 것들이다. 그리고 계절적으로 챙기는 것은 여름에는 '물총', 봄과 가을에는 '킥보드', 겨울에는 '무릎담요'를 꼭 챙긴다. 그리고 이건 기본 중에 기본이지만, '물티슈와 아이들 간식'은 꼭 챙겨두는 편이다. 물티슈와 티슈는 아이들과 함께하는 자동차에서는 꼭 필요하다. 간식은 그때그때 개별 포장된 것들은 몇 개라도 넣어두면, 갑자기 아이들 입이 심심하거나 허기질 때 가볍게 먹기 좋다.

유용한 웹사이트 및 APP

1) 네이버 지도

"아니 인스타그램을 보는데, 어떤 사람은 네이버 지도에 가야 할 곳들을 다 초록색 별로 체크해 두었더라." 엄마들이 모인 자리에서 한 엄마가 이야기를 꺼냈다. 나는 어떻게 반응해야 할까 망설이다가 "저도 그렇게 체크해 두는데 엄청 편해요~!"라고 말했다. 그러자 "아니, 도대체 뭐가 그렇게 표시할 게 많아서 다 체크해 두는 거야?"라며 궁금해하는 엄마에게 내 네이버 지도를 보여줬다. 이야기를 꺼낸 엄마는 인스타그램에서 본 사람보다 더 꼼꼼하다며, 진짜 부지런하다며 감탄했다.

내가 지도에 즐겨찾기를 해놓기 시작한 건 첫 해외여행을 준비하면서부터였다. 가보고 싶은 곳과 이동 경로, 식당들을 정리하기 위해 했던 행동이 습관처럼 자리 잡은 것이다. 당시에는 해외여행이었기에 다른 지도 서

비스를 이용했지만, 국내 여행에서는 네이버 지도만큼 편한 것이 없었다. 그 이유는 네이버 지도에는 대부분의 업종이 등록되어 있어서, 원하는 장소에서 '주변' 메뉴를 누르면 근처의 가볼 만한 곳들을 한눈에 확인할 수 있다. 그리고 즐겨찾기 별 표시도 내 마음대로 색을 지정할 수 있어 주제별로 정리하기 편리했다. 숙소, 음식점, 아이와 갈 만한 곳, 카페, 물놀이 등 내가 만든 주제로 색을 지정해 두니 필요할 때 보기 편했다. 특히 가고 싶은 장소가 생기면, 그곳을 기준으로 지도에서 숙소와 음식점, 주변 명소들을 찾을 수 있어 유용했다. 게다가 해당 장소들의 평점과 리뷰도 한눈에 볼 수 있어 따로 검색할 필요 없이 편리했다. 그래서 여행할 때 가장 많이 활용하는 앱이 되었다.

네이버 지도 APP

네이버 지도 '주변' 활용하기

2) 애기야가자

어느 날부터 SNS에 '애기야가자'와 같은 아이와의 여행을 주제로 하는 플랫폼 앱이 늘어났다. 아이와 함께하는 여행이라는 주제가 분명하고 정보성이 좋아 처음에는 이러한 콘텐츠가 생겨서 무척 반가웠다. 그러나 상업적인 공간들에 대한 소개가 많아지면서 아쉬움도 있었다. 그렇게 소개된 장소들은 금세 핫플레이스로 떠올라 예약하기조차 어려워질 정도로 큰 사랑을 받았다. 그럼에도 불구하고 이 앱은 꼭 그런 공간들만 소개하는 것이 아니어서 특정 지역에서 1박 이상 머물 예정이라면 한 번쯤 검색해 보게 된다. SNS에는 광고성 게시물이 홍수처럼 쏟아지고 중복된 장소도 많지만, 이 앱은 아이와 가볼 만한 곳을 찾기 유용하다. 예를 들어 '서산'을 검색하면 중복 장소 없이 실제 사용자들이 추천한 장소가 검색된다. 특히 앱 사용자들의 요청으로 등록된 곳이 많아 지역 엄마들이 남긴 간단한 후기와 유용한 정보를 얻을 수 있다. 보다 보면 박물관, 과학관뿐만 아니라 워터룸, 파티룸 등 다양한 공간까지 검색할 수 있다. 여행을 떠나기 전 아이와 함께할 만한 장소를 찾는 데 한 번쯤 활용해 보면 좋을 것 같다.

애기야가자 APP

애기야가자 검색 활용하기

전시·축제 정보 및 주변 가볼 만한 곳

3) 마이리얼트립, 카카오톡 예약하기, 놀이의발견

결혼 전 여행을 다닐 때, 패키지여행이라는 말을 별로 안 좋아했다. '여행을 알아보는 재미도 있고, 내가 가고 싶을 때 이동하는 게 좋지!'라는 나의 짧은 생각 때문이었다. 패키지여행에는 여러 종류의 스타일이 있고, 국내 여행 패키지, 일명 PKG는 거의 묶음 상품이었다. 어느 한 리조트를 가려고 하는데 '숙박권+워터파크+조식 3인' 이런 식의 패키지로 판매하고 있었다. 처음 보았을 땐 설마 저게 저렴할까? 했는데, 따로 구매하는 것보다 최대 70%까지 저렴한 걸 보고, 너무 잘 샀다는 생각이 들었다. 특히 성수기전 5~6월과 10~11월쯤에 이용하면 저렴한 패키지 상품들을 만나볼 수 있다. 한번 이용할 금액으로 2번 여행할 수 있는 찬스였다. 대체로 위에서 언급했던 '마이리얼트립, 카카오톡 예약하기, 놀이의발견'에서 오는 알람들로 국내 리조트 패키지여행을 많이 했다. 4인 기준 리조트 숙박+워터파크+조식까지 해서 성수기 전 예약으로 13만~15만 원대에 많이 이용했고, 서울 근교 호캉스로 4인 기준 호텔+수영장을 9만 원대에 이용했다. 카카오톡 친구하기를 해두면, 알아서 패키지 특가를 알림으로 알려주기 때문에 휴가 전에 미리 챙겨보면 좋다.

마이리얼트립

카카오톡 예약하기

놀이의발견

4) 여기어때, 야놀자

주말 저녁 퇴근한 남편과 저녁을 먹다가 "바다 보러 갈까?"라는 이야기가 나와 급하게 준비하고 여행을 떠났다. 어디를 갈지가 정해지면, 가장 먼저 알아보는 것이 바로 숙박이다. 그때마다 내가 국내 여행에서 숙박으로 가장 많이 이용하는 곳은 바로 이 두 곳이다. 물론 가끔 다른 앱을 이용하기도 하지만, 국내에서 갑자기 여행을 떠날 때 이 두 곳만큼 가성비 좋은 곳이 없다. 우리 가족은 여행할 때 숙박비에 많이 투자하지 않는 편이다. 대체로 여행을 가면 아침에 일어나자마자 나와서 저녁까지 먹고 들어가는 코스의 여행을 많이 다닌다. 그래서 숙소는 주로 잠만 자는 곳이 되곤 한다. 하지만 아이들과 함께해야 하니, 침구와 청소 상태를 가장 중요하게 생각한다. 그런 솔직한 후기들을 가장 쉽게 볼 수 있는 곳이 바로 이 두 곳의 장점이다. 많은 숙박 업체들이 있어 찾기 쉽고, 당일 예약도 가능해서 매우 간편하다. 그리고 가끔 00시 땡 치면 나오는 카드 쿠폰도 꽤 유용하다. 또한 잘 찾으면 5성급 호텔 부럽지 않은 깔끔한 침구와 조식 등 다양한 서비스를 즐길 수 있는 숙박 업체들도 많아 이 두 곳을 추천한다.

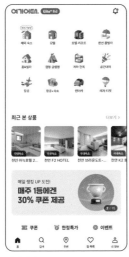
여기어때 APP

야놀자 APP

3

현지 정보 제공 사이트

처음 해외여행을 계획했을 때, 여행가이드 책을 구입하는 것보다 먼저 했던 행동은 바로 그 나라의 관광청에 가서 관광 홍보물 관련 책자를 가져오는 것이었다. 홍콩행 비행기표를 끊은 날, 회사 점심시간을 쪼개 해당 관광청에 들러 가져온 그 나라의 관광 홍보물은 예상보다 훨씬 유익했다. 여행에 대한 설렘을 한층 더 북돋아주었다. 나중에 여행가이드 책까지 구매하긴 했지만, 여행책보다 가벼웠던 관광청에서 받은 관광 홍보물 가이드북을 더 잘 가지고 다녔다. 그 후로 가능하면 우리나라에 있는 각 나라의 관광청을 들르거나, 따로 관광청 홈페이지를 방문하여 관광 정보를 다운받기도 했다. 그런데 이것이 해외뿐만 아니라 국내 여행을 하면서도 빛을 발했는데, 그중 가장 기억에 남는 곳이 바로 제주도였다. 처음 제주도 여행을 준비했을 때, '아 제주도 지도가 있으면 좀 편하게 여행 일정을 계획할 텐데….' 생각을 했다. 그래서 인터넷으로 제주도 지도를 알아보다가, 제주도 관광청에서 무료로 지도를 우편으로 보내주는 시스템을 알게 되었다. 우편으로 받은 지도는 지도뿐만 아니라 다양한 제주도 관광지에 대한 팸플릿도 많이 들어 있어, 제주도를 여행하는 데 큰 도움이 되었다. 그리고 받은 지도에 갈 곳들을 하나씩 동그라미 치며, 갈 곳들의 동선을 체크하면서 다녔던 기억이 있다. 그 후에는 국내 여행을 많이 다니지 않았지만, 아이를 낳고 나서 국내 여행을 많이 하다 보니 여러 지역의 축제와 관광 명소들에 대한 관심이 생기기 시작했다. 그래서 국내 여행을 준비할 때면 그 지역의 도청 관광 사이트를 한 번쯤 방문해 본다. 왜냐하면 그 지역의 축제나 행사들을 알 수 있어서, 간 김에 지역의 다양한 문화 행사와 공연들도 함께 즐길 수 있기 때문이다. 시에서 운영하는 관광 사이트들도 있지만, 관광이 발달하지 않은 곳들은 대부분 도에서 더 많이 운영되고 있는 것 같아, 다음 페이지에 관광 문화 관련된 각 도청들의 사이트를 함께 넣었다.

함께 보면 좋은 꿀팁

국내 여행 알아두면 좋은 도청 사이트

- 경기도 워라밸 https://13b.gg.go.kr/

- 강원 관광 https://www.gangwon.to/gwtour

- 충북 문화재단 https://www.cbfc.or.kr/home/main.php

- 충남 관광허브 https://tour.chungnam.go.kr/html/kr

- 경남 관광길잡이 https://tour.gyeongnam.go.kr/index.gyeong

- 경북 문화관광공사 https://www.gtc.co.kr

- 전북특별자치도 문화관광재단 https://www.jbct.or.kr/c_index.php

- 전라남도 여행길잡이 https://www.namdokorea.com/

- 제주도 관광지도 https://www.visitjeju.net/kr/tourInfo/guide?tap=two

4

중심 여행 장소 잡기

처음 아이를 낳고 여행을 했을 때, 내가 생각하지 못했던 부분은 바로 아기의 컨디션이었다. 어차피 내 품에서 먹고 자는 아기를 내가 잘 돌보기만 하면 그게 어디든 상관없지 않을까 하는 안일한 생각 때문이었다. 불행 중 다행으로 아기 때부터 엄마가 어디를 가든 좋은 컨디션을 유지한 아이 덕분에 나는 더 여행을 즐길 수 있었다. 하지만 첫째가 자라고 둘째가 생기면서, 점차 초보 엄마의 모습을 벗어나기 시작했다. 그러다 보니 여행을 다닐 때 내가 가장 중요하게 생각하는 것은 바로 '아이들의 컨디션'이었다. 아이를 낳기 전에 오롯이 나를 위한 여행을 좋아했다면, 이제 나의 여행은 대체로 아이를 중심으로 돌아간다. 자는 곳, 먹는 곳, 체험하는 곳까지 그 어느 곳 하나 아이를 생각하지 않을 수가 없다. 특히 여행 중 아이들의 컨디션이 중요하기 때문에, 차를 오래 타는 것은 아이들에게 피로를 줄 수 있다. 그래서 여행지에서는 항상 짧은 코스를 중심으로 이동 거리를 계획했다. 가고 싶은 곳은 많고, 시간은 언제나 한정적이기 때문에 여행에서 나는 주어진 시간을 최대한 알차게 쓰는 방법을 찾기 시작했다. 그렇게 찾은 게 바로 '중심 여행 장소 잡기!'이다.

주말 저녁까지 일하는 남편이 갑자기 토요일 일을 빨리 끝날 수 있을 것 같다며 "아이들과 어디 놀러 갔다 올까?"라는 말을 던졌다. "오~예!" 잘 쉬지 못하는 남편과 함께하는 여행은 언제나 소중하다. 어쩜 나보다 아이들이 더 좋아하는 시간이 바로 우리 가족 넷이 여행을 하는 시간이다. 엄마와 셋이 다니는 여행에서도 언제나 빠지지 않는 아빠 이야기는 내 마음 한구석에 미안함으로 자리 잡곤 했었다. 그래서 이렇게 남편의 갑작스러운 말에도 나는 언제든 떠날 준비가 되어 있다. 우선 그동안 가볼 만한 곳들을 체크해 둔 지도를 열고, 어디로 가면 좋을지 살펴보았다.

대체로 여행을 정할 때 숙소, 맛집, 관광, 체험 중에서 중요도를 잡곤 하는데, 리조트와 같이 숙소에서 대체로 즐기는 여행이라면 '숙소'를 중심으로 계획하고, 꼭 가고 싶었던 식당이나 카페를 가는 여행 코스라면 '맛집'을 중심으로 계획한다. 하지만 그 지역의 관광 장소를 돌 예정이라면 '관광'을 중심으로 중요도가 달라진다. 우리 가족의 경우에는 아이들이 좋아할 것 같은 '체험'을 가장 중요하게 생각해서 체험을 중심으로 많이 여행하는 편이었다. 그날도 역시 우리 스타일대로 체험을 중심으로 지역을 좁혀갔다.

토요일 낮에 출발해서 일요일 저녁까지 주어진 우리들의 시간을 어디서 보낼지 고민했다. 겨울이었기 때문에 대체로 실내에서 활동할 수 있고, 우리 아이들이 현재 관심 있는 곳이 어디일지 생각했다. 우주에 관심이 많은 첫째와 놀이 활동에 관심이 많은 둘째를 위해 선택한 곳은 바로 '천안'이었다. 1박 2일의 짧은 일정이라 알차게 보낼 수 있도록, 도착 후 모든 이동 거리는 30분 내외로 정했다. 우선 아이들을 위해 선택한 천안 꿈누리터와 홍대용과학관을 기준으로 숙소와 음식점, 그 외 가볼 만한 곳들을 체크했다. 첫째 날은 오후에 도착해서 차 타고 오느라 고생한 아이들이 마음껏 뛰어놀 수 있도록 꿈누리터를 미리 예약해 두었다. 아이들은 쉴 틈 없이 이곳저곳을 탐색하며 뛰어놀았다. 그리고 바로 옆 건물에 있는 타운홀 전망대에 올라 천안 시내를 한눈에 보고, 저녁을 먹고 숙소로 향했다. 가족탕 부럽지 않은 욕탕이 있는 숙소를 잡아 아이들은 또 한바탕 물놀이와 함께 하루를 마무리했다. 일하고 장거리 운전까지 한 남편도 오랜만에 탕에 들어가서 휴식을 취했다. 다음 날 아침, 일요일인 만큼 숙소에서 여유를 부리다가 숙소 바로 앞에 있는 한식 뷔페에서 호텔 조식 못지않은 아침을 즐겼다. 어른 1인 9,000원(소인은 그때그때 다름)으로 알찬 한식을 먹었다. 과학관에 가기 전에 어디로 갈지 고민하다가, 천안에서 유명한 뚜쥬르 빵돌가마마을을 들르기로 했다. 마을 전체가 여러 컨셉으로 꾸며진 빵집인데, 우리가 천안에 갔던 바로 이틀 전 어린이 베이커리가 오픈했기 때문에 꼭 가고 싶었다. 아이들만을 위한 전용 빵집이라 나도 설렜다. 어린이만 들어갈 수 있는 전용 문이 있었고, 아이들 눈높이에 맞춰진 빵과 테이블도 너무 좋았다. 어린이 고객들에게만 주는 유정란 마들렌도 아이들이 환영받는 느낌을 받을 수 있었다. 그렇게 뚜쮸르에서 시간을 보내고, 우리는 홍대용과학관에 가서 우주 지질 탐험과 다양한 우주 관련 체험을 즐겼다. 그리고 저녁에는 과학관에서 천문대 관람을 하려고 했으나 날씨가 좋지 않아 오로라 영상을 대신 관람했다. 영상을 보고, 근처 병천 순대 거리에서 순댓국으로 저녁을 해결하고, 일요일 저녁 서울로 돌아왔다. 1박 2일 일정이었지만, 천안 지역에서 짧게는 5분, 길게는 30분 거리로만 이동했다. 생각보다 이동 거리가 짧아 피곤함이 덜했고, 다양한 공간들을 더 많이 즐기고 올 수 있었다.

이렇게 아이와 여행 갈 때 가장 중요한 중심 여행 장소 1~2곳을 먼저 잡는다. 그리고 난 후 그 중심 여행 장소를 기준으로 여행 코스를 계획하면 더 알찬 여행을 계획할 수 있다. 1박 2일보다 긴 여행이라면, "여기는 꼭 가봐야겠다." 하는 장소들로 먼저 기준을 잡아준다. 그리고 지도에서 하루씩 중심 장소를 기준으로 코스를 짜면 좀 더 알찬 여행을 할 수 있다.

(예시) 충주에서 3박 4일을 목표로 여행을 했을 때,

충주 서부 지역 : '오대호아트팩토리'를 중심 여행지로 잡고, 근처에 코치빌더(자동차 카페)와 충주 고구려청문과학관 함께 다녀오는 걸로 계획하기

충주 중심지 : '탄금공원놀이터'와 '라바랜드'를 중심 여행지로 잡고, 근처에 충주 기상 과학관과 시간이 되면 충주 자연생태체험관을 다녀오기로 계획하기

충주 동부 지역 : '활옥동굴'을 중심 여행지로 잡고, 충주호 크루즈와 충주 다목적댐 물 문화관 함께 다녀오는 걸로 계획하기

충주 남부 지역 : '수안보온천' 숙소를 중심 여행지로 잡고, 커피박물관과 호수가 보이 는 카페 게으른 악어를 여행 코스로 계획하기

5

아이와 여행 짐 챙기기

아이와 여행을 다니면, 언제나 짐이 한가득이다. 1박 2일 여행임에도 물놀이까지 한다면, 두 배 이상의 짐을 챙겨야 한다. 아이가 있는 한 내 인생의 미니멀 라이프는 존재하지 않음을 다시 한번 느끼는 순간이다. 그럼에도 불구하고 짐을 한가득 챙겨 여행을 떠나는 이유는 작은 부족함으로 아이와의 여행이 아쉽지 않길 바라는 내 욕심 때문이다. 아이를 낳기 전 국내 여행은 백팩 하나, 해외여행은 캐리어 하나면 끝이었지만, 아이와 함께하는 여행은 가방 하나로는 어림도 없다. 짐을 얼마나 잘 꾸리느냐에 따라 여행의 수월함이 달라진다. 남편과 함께하는 여행이라면 크고 무거운 짐도 괜찮지만, 아이 둘을 데리고 혼자 하는 여행에서는 숙소를 옮길 때마다 짐을 간소화하는 것이 훨씬 수월했다. 손이 조금 자유로워야 아이들을 돌보며 챙기기가 쉽기 때문이다. 왜 엄마들이 백팩이나 크로스백을 선호하는지 알 것 같았다.

3박 4일을 기준으로 국내 여행을 떠날 때, 필요한 가방은 총 네 가지이다. 캐리어, 백팩, 아이스박스, 그리고 항상 챙겨야 하는 보조 가방. 여기에 여름철에는 물놀이 가방이 추가되기도 하지만, 보통 이 네 가지로 분류해서 짐을 꾸린다. 그러면 숙소를 옮길 때도 한결 수월하다. 캐리어에는 옷과 수건 등을 담는데 속옷, 잠옷, 외출복, 양말까지 하루치씩 나누어 담는다. 그 이유는 숙소를 옮길 때 캐리어는 계속 차 트렁크에다 두고, 하루치씩 담아놓은 옷과 수건만 백팩에 옮겨서 숙소에 가지고 올라간다. 다음 날에 숙소를 옮길 때 빨래는 캐리어에 따로 담아두고, 다시 다음 날 입을 옷들을 백팩에 넣어두는 방식으로 여행 가방을 챙겼다. 백팩은 매일 다른 옷과 수건으로 변경되고, 캐리어는 옷장 역할을 해주는 셈이다. 그리고 어딜 가든 챙겨 다니는 보조 가방에는 아이들 색칠공부나 책, 장난감, 물티슈 같은 그때그때 사용할 수 있는 것들을 넣어 다닌다. 그럼 숙소를 옮길 때 백팩과 보조 가방만 챙기면 된다. 입고 벗은 빨랫감들은 미리 캐리어에 커다란 봉투 2개를 준비해 하얀색과 색깔 있는 빨래를 구분해서 넣어두면 집에 돌아가서 빨래할 때 수월하다. 아이스박스는 아이들 간식거리들을 대체로 넣어두고, 이동하면서 먹을 때 사용한다. 그래서 숙소를 옮길 때마다 미리 물 1~2개를 냉동실에 얼려두었다가 가지고 다니면 편리하다.

나의 경우에는 숙소 한 곳에서 2박 이상 머무르는 경우가 없어 한 숙소를 들어갈 때마다 3박 4일 짐을 들고 가는 것 자체가 번거롭다는 생각이

들었다. 그래서 그냥 캐리어를 차에 두고 옷장처럼 사용했고, 그때그때 필요한 옷가지들만 꺼내어 사용했다. 그리고 미리 빨랫감도 구분해 둬 집에 도착해서도 구분된 빨래를 세탁기에 바로 넣고 돌리니 여행 후 빠르게 정리도 가능했다.

함께 보면 좋은 꿀팁

아이와 여행 가방 챙기기

– 캐리어: 하루치씩 정리해 둔 옷(속옷, 양말, 내복, 외출복)과 수건 그 외 여벌 옷도 포함, 빨래를 담을 커다란 비닐봉지 2개 정도 함께 넣어둔다.

– 백팩: 세면용품, 그리고 매일 옷을 바꿔서 가지고 다닌다.

– 아이스박스: 아이들 간식, 물을 담아두고, 보냉백이 필요한 순간에 사용 가능하다.

– 보조 가방: 아이들 장난감, 책, 물티슈 등 숙소와 여행지에서 모두 필요한 것들을 챙긴다.

6

아이와 해외여행, 비행기 탑승 준비물

2019년 12월, 팬데믹의 여파로 해외여행 길이 닫혔다. 그 당시 나는 만삭의 임신부였기 때문에 해외여행에 대한 아쉬움이 없었다. 하지만 둘째를 낳고 난 이후에도 여전히 팬데믹으로 인해 해외여행은 꿈꾸지 못해 마음이 아쉬웠다. 그러다 2022년에 들어서면서 사람들이 '하늘의 문이 열렸다.'고 말하며 해외여행을 다니기 시작했다. 내 주변에서도 아이와 해외로 나가는 사람들이 많아졌고, 남편과 나도 아이들과의 해외여행을 계획했다. 2023년 3월 그렇게 우리는 태국 방콕으로 향했다. 공항에 도착해서 나도 모르게 눈물을 흘릴 정도로 방콕에서 4박 6일 행복한 시간을 보내고 한국으로 돌아왔다. 돌아와서 아이와 방콕을 여행한 이야기들을 포스팅하면서 내 블로그는 매일 최대 방문자 수를 기록했다. 그때 인기 있던 글 중 하나가 바로 '아이와 해외여행 비행기 안에서 준비물'이었다. 아이와 해외여행을 갈 때 긴 비행시간을 위해 아이를 위한 것들이 무엇이 있을까 생각했다. 당시 미취학 아이들이 6시간 정도의 방콕 비행시간을 잘 버틸 수 있었던 내 나름의 준비물들은 이랬다.

1) 플레이북/ 스티커북/ 색칠공부/ 색연필

당시 막 다섯 살이었던 첫째는 미로 찾기, 문제 풀이, 규칙 찾기 등 다양한 게임들이 한 번에 들어간 플레이북 같은 책을 한 권 샀다. 그리고 세 살이었던 둘째는 스티커북과 숨은그림찾기 같은 것들로 준비했다. 천원샵 같은 곳에서 구매하거나 집에서 숨은그림찾기, 색칠공부 같은 것들을 미리 프린트해서 가지고 왔다. 여행지에 버리고 와도 아쉽지 않은 것들로 준비해서 집에 올 때는 짐을 간소화시켰다. 그리고 색연필과 연필, 지우개는 필수로 챙겼다.

2) 아이들 입을 얇은 외투

겨울에 가는 여행에서도 얇은 외투는 챙겨야 하지만, 여름에 여행을 가도 비행기 안은 생각보다 추울 수 있다. 에어컨 바람으로 인해 냉방병 걸려서 오는 사람들도 많으니 되도록 아이들이 입을 얇은 외투 하나 정도 챙기면 좋다. 원래는 얇은 담요 같은 걸 챙겼는데, 아이들은 확실히 입고 있는 게 따뜻해서 얇은 외투와 양말 정도 챙겨주면 비행기 안에서 추울 때 따뜻하게 보낼 수 있다.

3) 아이들 간식

기내식이 나오기도 하지만, 아이들의 간식은 필히 따로 챙긴다. 기내에서 과자는 가격도 비싼 편이고 아이들이 좋아하는 과자가 없을 수도 있기 때문에 미리 챙겨간다. 비스킷, 쿠키 같은 개별 포장된 것들과 젤리, 사탕 같은 것들만 따로 파우치를 챙겨간다. 비행기에서 아이 귀가 먹먹할 때, 캐러멜이나 젤리 같은 걸 씹으며 침을 삼키게 되면서 괜찮아지기도 하고, 아이가 입이 심심할 때 하나씩 꺼내주면 세상 조용해져서 꼭 챙겨야 하는 필수템이다.

4) 에어 목쿠션

아이가 세 살 때쯤만 해도 내 무릎을 베고 자거나 기대어 자는 게 불편해 보이지 않았다. 그런데 다섯 살쯤 되니 혼자 자리에 앉아서 어떻게든 자려고 하는 모습이 꽤 불편해 보였다. 잠들려고 해도 마땅히 기댈 곳을 찾지 못해 불편해하던 아이였다. 그래서 에어 목쿠션을 준비해 앞쪽에 대어주었더니, 조금이나마 장거리 여행에서 편히 잘 수 있었다.

5) 헤드셋과 태블릿

아이들과 해외여행을 준비하면서 구매했던 첫 아이템은 바로 헤드셋이다. 평소에 집에서만 영상을 보기 때문에 필요 없었는데, 비행기 안에서 다른 사람들을 위한 에티켓으로라도 챙겨야 하는 아이템이었다. 그리고 태블릿은 영상도 영상이지만, 듣는 동화와 음악들을 넣어가서 듣기만 해도 잘 있는 아이들이라서 필수로 챙겼다.

6) 유튜브 동화 및 동요 다운받기

유튜브에서는 영상보다 음원 위주로 오프라인 저장하는 걸 추천한다. 이미 콘텐츠 제작자들이 만들어놓은 동화 및 동요 모음집이 있어서 그것들을 오프라인 저장해 두면 꽤 유용하게 사용할 수 있다.

7) OTT 영상 저장

영상 저장은 넷플릭스를 추천한다. 그 이유는 개인적으로 화질이 유튜브보다 좋아서 보기 좋다. 아이가 좋아하는 영상을 시리즈별로 오프라인 저장이 가능해서 편리했다. 그리고 영화도 많아서 어린이 영화 위주로 다운받아 가면, 더 오랜 시간 집중해서 볼 수 있다.

아이들은 생각 외로 차보다 비행기 안의 공간을 더 좋아했다. 자신만의 테이블에서 책을 보고 그림을 그리며 시간을 보냈다. 간식 없이도, 내가 생각했던 것보다 긴 비행시간을 잘 견뎌주었다.

에필로그

아이와 여행하며
얻은 것

1

기록되는 일상이 주는 가치

첫째가 태어난 지 두 달쯤 되었을 때 나는 지옥 육아를 맛보고 있었다. 내가 젖소인가 싶을 정도로 짧았던 수유 간격에 하루 2시간 이상 잠들지 못한 날이 수두룩했다. 바닥에 등만 닿으면 우는 등 센서, 무조건 서서 안 아줘야 하는 높이 센서, 엄마 품 외에 그 어떤 것도 거부하던 엄마 껌딱지 아기 때문에 하루하루가 어떻게 흘러가는지도 몰랐다. 떡 진 머리에 늘어진 티셔츠, 뒤돌아서면 배고픈 아이에게 젖 물리며 미역국에 밥 말아 먹는 내 모습에 나를 잃어가는 것 같았다. 그런 날들이 쉼 없이 흘러갈 때쯤, 이런 나를 보는 게 힘들었는지 남편이 바람이라도 쐬러 가자고 말했다. 그렇게 우리는 생후 2개월 된 아기를 꽁꽁 싸매 두꺼운 패딩 품에 안고 동계올림픽이 열리는 평창으로 떠났다. 오랜만의 여행이었다. 숨통이 트여 숨을 쉴 때마다 찬 공기가 들숨에 들어와 온몸에 퍼졌다. 살아 있는 기분이 들었다. 이것이 내가 기억하는 아이와의 첫 번째 여행이자 꿀맛 같은 나의 첫

일탈이었다. 하지만 지금 돌이켜보면 그날이 세세하게 기억나지 않는다.

매일 일기를 쓰면서 하루를 마무리하던 예전과 달리 반복되는 일상 속에 그저 예쁜 아이 사진만 찍었지 기록에 대한 소중함은 잠시 잊고 지냈다. 기록이라곤 언제 수유를 했는지, 언제 기저귀를 갈았는지, 모바일 앱으로 체크하는 게 전부였다. 그 덕에 아이와의 첫 여행은 사진만 남아 있을 뿐 어디를 갔고, 무얼 먹고, 무엇을 했는지 하나도 기억나질 않는다. 아이 얼굴로 도배된 사진과 우리가 평창에 갔다는 사실의 외에 그 어떤 추억도 남아있지 않다.

봄, 여름, 가을, 겨울, 아이를 키우는 삶은 혼자였을 때보다 더 빠르게 흘러갔다. 내 삶의 속도가 아닌 아이가 크는 속도만큼 빨랐다. '제발 천천히 커 줘.'라는 말이 왜 나오는지 알 것 같은 시간들이었다. 어떻게 살고 있는지 잘 알지 못했다. 내 자리가 어디인지, 내가 무엇을 하며 살고 있는지 잘 몰랐다. 그저 흘러가는 시간에 몸을 맡기며 육아했다. 그러니 삶이 무료할 수밖에 없었다.

그러다 아이들과 보내는 하루하루를 기록하면서 나의 일상은 조금씩 달라졌다. 다시 읽지 않을 일기장도 한번 쓰고 나면 그 잔상이 남아 있듯, 어떤 장소에서 어떤 것을 했고, 무엇을 위해 그곳을 갔는지 이전보다 선명하게 기억할 수 있게 되었다. 그 덕분에 아이들이 말하는 특정 장소의 단어만으로도 내 머릿속에 떠오르는 장소가 많아졌다. 그리고 그해 우리 아이가 무엇에 관심을 가졌는지, 그때 어떤 표정을 지었는지도 떠올릴 수 있게 되었다. 봄이 되면 무작정 개나리를 보기 위해 소풍 가방을 싸고, 여름이면 어디서든 물놀이할 수 있도록 여분의 옷을 챙겨 다녔다. 가을에는 알록달록한 산자락을 볼 여유가 생겼고, 겨울에는 아이들과 함께 눈 오는 날을 손꼽아 기다렸다. 그 어느 때보다 풍요로운 일상을 지내고 있는 것 같아 과분한 행복에 가끔 겁이 났다. 이것이 기록을 하고 있기 때문인지, 엄마가 되었기 때문인지 가늠할 순 없지만, 내 일상이 전보다 선명해졌다는 사실은 확실했다.

기록하는 것은 단순한 일기를 넘어, 그 순간의 경험과 감정을 담아내는 시간이었다. 그때의 아이들과 지금의 나를 연결해 주는 다리이고, 그때의 우리가 지금은 어떻게 변했는지 돌이켜볼 수 있는 추억 상자와도 같았다. 아마 기록하는 일상이 아닌 스쳐 지나가는 일상을 살았더라면, 나는 계절이 변하는 것도, 아이가 크는 것도 조금 무감각하게 살았을지도 모른다.

2

남매의 돈독한 형제애

두 살 터울인 우리 집 남매는 딱 24개월 차이가 난다. 둘째가 태어났을 때, 동생을 유난히 예뻐했던 첫째는 엄마 품에 안긴 동생을 질투하기보다는 오히려 작디작은 동생을 위해주고 아꼈다. 엄마가 동생 기저귀를 갈기 위해 자리를 잡으면 기저귀를 가져다주었고, 동생이 모유를 먹고 나면 손수건으로 입을 닦아주기도 했다. 또 엄마보다 동생에게 초점 책을 더 많이 보여주고, 동물 책을 펼쳐 아는 단어를 읽어주던 든든한 동생 지킴이었다. 동생의 뒤집기를 함께 환호해 주고, 동생이 위험한 행동을 하면 엄마를 급하게 불러주던 오빠였다.

그런데 그런 동생이 자기주장이 강해지기 시작하면서부터 둘 사이에 마찰이 생기기 시작했다. 싸우기도 잘 싸우고, 서로 토라지며 삐지기도 하고, 가끔은 서로를 미는 행동도 서슴지 않았다. 그 원인이 혹시 물건일지도 모른다는 생각에 장난감이나 물건을 살 때도 되도록 똑같은 것들로 마련해 주었다. 하지만 그렇다고 의견 충돌이 완전히 사라지지는 않았다. 어른들 말처럼 아이들은 다 그렇게 크는 것이라는 걸 알지만, 엄마로서 그 모습을 마주할 때마다 마음이 좋지 않았다. 그러다 아이들과 셋이 외출하기 시작하면서 둘 사이에도 티 나지 않는 형제애가 있음을 깨달았다. 집에서는 그렇게 싸우면서 밖에서는 그래도 자기 오빠, 자기 동생이라고 서로를 챙기는 모습에 놀랄 때가 많았다.

한번은 아이들이 사진 찍는 나를 뒤로한 채, 작당 모의를 하듯 "우리가 엄마보다 빨리 가자!"라고 외치며 앞장서서 산을 올라간 적이 있었다. 어린아이들에게 조금 가파른 계단 길이었는데 앞장서 올라가던 첫째가 뒤처진 동생을 기다려주고 손을 잡아주며 올라가고 있었다. 그 모습을 보고 지나가던 할머니들이 둘이 남매냐며, 어쩜 이렇게 사이가 좋으냐고 칭찬해 주셨다. 그 말에 부끄러워진 첫째가 급히 동생 손을 뿌리치기도 했지만, 어느새 동생 손을 잡고, 산을 오르던 아이들이었다. 동생이 화장실에 간다고 하면, 표를 사고 있는 엄마를 대신해 화장실 앞에서 기다려주었다. 동생은 누군가 달달한 사탕 하나 주면, "저희 오빠 것도 하나 주세요."라고 말하며 오빠를 챙겼다.

여행에서 엄마가 주는 미션에 두 아이는 서로를 의지하면서, 하나의 미션을 성공하기 위해 머리를 맞대고, 좋은 동지이자 친구로 미션을 수행했다. 처음에는 이것이 엄마의 욕심이 아닐까 생각한 적도 있었는데, 지금은 도리어 아이들이 "엄마, 우리 또 미션 주세요!"라고 외칠 정도로 아이들의 즐거운 놀이 중 하나가 되었다. 이제는 굳이 내가 미션을 주지 않아도, 어느 장소에 가면 둘만의 게임을 만들어 놀곤 한다. 그 모습을 보면 그동안 아이들과 여행하면서 쌓아온 경험들이 빛을 발하는 것 같다는 생각이 든다.

지금도 엄마의 양손이 짐으로 가득해 잡을 수 없을 때면, 첫째는 자연스럽게 둘째 손을 잡고 길을 걷는다. 보호자가 아닌 아이들이 직접 줄을 서야 하는 놀이기구 앞에서도 둘은 서로 손을 잡고 기다리며 서로 안고 장난치면서 그 시간을 함께한다. 또 새로운 것을 발견했을 때 엄마보다 먼저 찾는 친구로 살아가고 있다. 물론 자기 또래의 친한 친구와 함께일 때는 또 나 몰라라 하는 현실 남매지만, 그래도 셋이 함께하는 일상에서는 그 누구보다 좋은 동반자이자, 재밌는 친구가 되어준다. 가끔 나는 공감할 수 없는 웃음 포인트에서 둘이 낄낄대고 웃고 있으면, 약간의 소외감이 들지만 그 소외감이 나쁘지는 않다. 때론 엄마보다 더 시대를 공감하며 살아갈 수 있는 친구가 가까이 있어서 다행이라고 생각한다.

3

엄마도 자라고, 아이들도 자란다

혼자 처음 여행을 떠났던 때는 갓 스물을 넘었을 때였던 것 같다. 기차를 타고 무작정 전라도 군산으로 떠났다. 혼자 하는 여행이다 보니 먹고 싶을 때 먹고, 가고 싶을 때 가고, 모든 게 내 마음대로라 순탄한 여행이었다. 다만 숙소에 들어가고 나서 조금 무서움이 몰려왔다. 그때 다락방이 있는 게스트하우스를 선택했는데, 명절 전이라 주인집 가족 외에는 묵는 사람이 없었다. 이층 침대가 두 개 있고, 다락방이 있던 방이었는데, 밤 12시쯤 되니 다락방에서 소리가 나는 것 같고 괜히 무서운 생각이 들었다. 그때 이후로 혼자 하는 여행은 조금 조심스러웠다.

이제는 두 아이의 엄마가 되어 아이들만 데리고 여행을 떠난다는 것이 나로서도 큰 도전이었다. 예전에는 내 몸만 챙기면 되는 여행이었지만, 이제는 아이 둘까지 챙겨야 해서 부담감이 굉장히 컸다. 하지만 그것은 나의 기우였음을 깨닫는 데 그리 오래 걸리지 않았다. 여행을 다니다 보면 아이들이 아닌 내가 아이들에게 의지하는 경우가 많았다. 여행지에서 무언가를 고민할 때, 아이들이 오히려 해결책을 제시하기도 했다. "엄마, 그럼 엄마가 저기 가서 그거 사 오고, 우리가 여기서 줄 서 있으면 되지.", "내가 줄 서 있을게. 엄마가 화장실 다녀와." 이런 식으로 아이들 나름 자신의 몫을 톡톡히 해주고 있었다. 내가 아이들을 데리고 다닌다고만 생각했는데, 그건 나의 착각이었다.

혼자 아이들과 여행을 하다 보면, 다음 행선지를 찾고, 운전하고, 식당을 고르는 일까지 정신이 하나도 없을 때가 많다. 그런데 어느 순간부터인가, 일곱 살도 채 되지 않았던 첫째가 "엄마, 핸드폰 챙겼어?"라며 내 짐을 챙겨주었고, 네 살이던 둘째는 스스로 체크아웃 시간에 맞춰 자기 짐을 미리 챙겨놓기 시작했다. 아이들은 엄마와 함께하는 여행 속에서 많은 것을 배우며 자라고 있는 듯하다. 일 때문에 함께하지 못하는 아빠의 부재가 아쉽고 그리울 때도 있지만, 우리 셋은 서로 그 빈자리를 채우며 여행을 했는지도 모른다.

한번은 아이들과 바닷가에 갔을 때 일이다. "엄마, 물속에 들어가도 돼요?" 항상 챙겨 다니는 여분의 옷이 있었기 때문에 선뜻 아이들에게 들어가도 된다고 말했다. 다만, 물이 많이 차고, 바람이 부니 발만 담그라고 주의를 주었다. 하지만 물에 들어간 이상 쉽게 지켜질 약속이 아니었다. 결국 나도 무릎까지 바지를 걷어 올리고, 아이들과 함께 바다에 발을 담갔다. 그러다 우연히 커다란 돌 틈과 바닥에서 움직이는 소라게를 발견하고 우리 셋은 흠칫 놀랐다. 살아있는 물고기와 해산물을 못 만지는 겁쟁이 엄마지만, 아이들을 위해 두 눈을 질끈 감고 용기 내어 여기저기 바윗돌과 모래 속에 숨은 소라게를 줍고 또 주웠다. 먹으려고 가져온 물 한 통을 비우고, 소라게를 넣었다. 소라게의 움직임을 보면서 신기해하는 아이들을 보며 나의 용기에 스스로 큰 박수를 보냈다. 엄마의 용기 덕분이었을까 아이들도 움직이는 소라게를 잡기 시작했다. 우리는 그렇게 오랜 시간 바다를 누비며 놀았다.

아이들과 여행을 다니며 느끼는 것이지만, 이 녀석들과 함께여서 나도 처음 경험해 보는 것들이 정말 많다. '굳이? 왜?' 했던 일들도 아이들과 함께하면 도전하게 된다. 아이들이 좋아하는 모습을 보면, 더 많은 것을 보여주고 느끼게 해주고 싶어 나도 모르게 도전하게 되는 것 같다. 돌아오는 겨울에는 태어나서 한 번 타고 포기했던 아이스스케이트를 아이들과 함께 도전할 생각이다. 엄마도 서툴고 잘 못 타지만, 도전하는 모습을 보면 아이들도 용기를 낼 수 있지 않을까. 그렇게 우리는 서로의 삶이 보다 더 자랄 수 있도록 공존하며 살아가고 있다.